パンツプロジェクト

キャット・クラーク　三辺律子 訳

あすなろ書房

パンツ・プロジェクト

イラストレーション／オザワミカ
ブックデザイン／城所潤

1

「ギャハハハハハハ、リヴ、へん！」

弟って、ほんと期待を裏切らないよね。まさにいちばんやめてほしいときに、いちばんムカつくことを言ってくる。「弟」って職業があるとしたら、仕事内容の欄《らん》には「ムカつくことを言う」って項目《こうもく》があるにちがいない。で、弟のエンツォはその仕事が、超《ちょう》得意ってわけ。

「うるさい！」どなりつけて、ずかずかとキッチンに入っていく。乱暴にいすを引いたら、ガスコンロにぶつかってしまった。

「エンツォ！　今すぐ、リヴに謝って！」母さんににらみつけられて、エンツォは心のこもってない「ごめんなさい」をつぶやいた。

「ほんとになにも作らなくていいの？　第一日目にふさわしい特別メニューをささっと作るくらいの時間は、まだあるわよ」マンマはそっと両肩《りょうかた》に手をかけ、かがんで頬《ほほ》にキスしてくれた。

「お腹《なか》すいてない」食べなきゃいけないのは、わかってる。ほんの二、三口でも食べれば、母さんもマンマも安心するから。だから、グラノーラの箱をつかむと、深皿の底がかろうじて隠《かく》れるくらいの量だけ入れた。

エンツォは、にやにや笑いを隠《かく》そうとすらしてない。心底おもしろがってる。目を閉じても、エンツォのクスクス笑ってる声まではシャットアウトできない。これ以上叱《しか》られるのはいやだから、マンマたちには聞こえないようにしてるけど。目を開けて、深く息を吸いこむ。グラノーラの箱をエンツォのマヌケ顔に投げつけたいのをなんとかこらえて、お皿のグラノーラに牛乳を注いだ。

これって、進歩。癇癪《かんしゃく》を起こさないようにどれだけがんばってるか、ほかの人にはわかってもらえないだろうけど。だって、癇癪《かんしゃく》をこらえるっていうのは、どう考えたってそうされて当然のやつの顔に牛乳パックを投げつけるようなまねはしないってことだから。そいつを殴《なぐ》らないようにするとか。これは、最優先のルール。

「リーーーヴゥーーー」母さんがめいっぱい名前を伸《の》ばして呼んだ。「フランシスおばあちゃんが、写真ほしいって」

マジで、カンベン！

「おばあちゃんにとっては、すごくだいじなことなのよ……リヴにとってはそうじゃないのはわかってるけど、中学校の初日っていうのは、だいじな日だから。でしょ？　もちろん、リヴが嫌《いや》ならしょうがないけど」

まさにそのとき、ガリバルディがよだれだらけの大きな頭を膝《ひざ》に乗せてきた。こっちが助けてほしいときがわかってて、応援《おうえん》してくれようとしてるみたい。まあ、よだれを拭《ふ》く場所を探してたってほうが、正解って気もするけど。それでも、少しだけ気持ちが落ち着いた。少なくともガリバルディは笑ったりしない。だって、1．ガリバルディは犬で、犬は笑わないから。2．もし犬が笑えるとしたら、ガリは脚《あし》が三本しかないって理由で、今ごろドッグランじゅうの笑い者になってるはずだから。ガリなら、今のこの気持ちをわかってくれるはず。

写真を断りたければ断ってもいいのは、わかってた。マンマも母さんも、そういうことに関してはさっぱりしてる。でも、おばあちゃんはがっかりするだろう。おばあちゃんには、理解できないだろうから。

「わかった。じゃ、さっさとすませよう」立ちあがって、ドアの前に立つと、母さんがスマホでパシャパシャと何枚か撮《と》った。さすがに笑顔《えがお》までは作れなかったけど、母さんのほうも言うだけむだだってわかってた。

「はい、これでおしまい！」母さんはこっちへきてハグすると、耳元でささやいた。「ありがとね、リヴ。ほんと、感謝してる」

肩《かた》をすくめ、また食卓《しょくたく》にすわった。なんか吐《は》きそう。顔に出ていたにちがいない。マンマが具合はどう？　ってきいてきたから。

「うーん、ほんとのこと言って、あまり良くない。もしかしたら……今日は休んだほうがいいかも」

母さんはスマホの写真をチェックしてたけど、それを聞くと顔をあげた。「その手には乗らないわよ。一日目から休むなんて、ありえないから」

これ以上言ってもむだだって、わかった。母さんは、仮病《けびょう》を察知する第六感を持ってる。まるで目からレーザーを発射して、皮膚《ひふ》を透視《とうし》して体内でウィルスが繁殖《はんしょく》してるかどうかチェックできるみたい。マンマのほうは、たいていもう少し同情してくれるけど、こういう場合、二人は必ずタッグを組んで、互《たが》いの肩《かた》を持つ。ほんと、腹立つ。

マンマたちを安心させるためだけに、ふにゃふにゃになったグラノーラを何口か、コップ半分ほどのオレンジジュースで流しこむ。気がついたら、朝食の時間は終わってた。時計の針が速すぎるスピードで進んでいく。そろそろ家を出ないと。

マンマに言われて、リストに書いてあるものがぜんぶ入ってるかどうか、もう一度カバンの中を調べる。「中学進学」っていう一大事業のうち、いいことっていえば、この新しいカバンくらい。黒とグレーの革でできていて、中に頭を突《つ》っこむと、すごくいいにおいがする。おばあちゃんの新しい車で初めてドライブにいったときのことを思い出す。

最悪なことのほうは、もう決まってる。

夏じゅうずっと、そのことばかり考えてた。

エンツォが大笑いしたもの。

朝、部屋の奥《おく》の鏡に向かって、思わず靴《くつ》を投げつけてしまった理由。

制服のスカート。

スカートをはいて、脇《わき》にある小さいファスナーをあげたときの、違和感《いわかん》とか気分がふさぐ感じとか、とてもじゃないけど説明できない。黒いスカートの丈《たけ》はちょうど膝《ひざ》まであった。バカみたいだし、チクチクするし、最低最悪。

鏡を見たけど、涙《なみだ》のせいでぼやけて見えなかった。涙《なみだ》はもちろん、怒《いか》りの涙《なみだ》。悲しくて泣いてるんじゃない。怒《いか》りが湧《わ》きあがる。こんなのひどすぎる。これから三年間、週に五日も、この、バカみたいなものをはきつづけなければならないということに、今さらながら気づく。

どうやって耐《た》えろっていうわけ？

バンクリッジ中学には、制服に関する厳しい校則がある。いこうと思えば、もっと校則のゆるい学校はいくらでもあったのに。バンクリッジ中学では、生徒は全員、白いシャツと、ネクタイと、黒いVネックのセーターを着なければならない。それは、かまわない。むしろ、ネクタイ（黒と赤のストライプ）があるのは、気に入ってるくらいだ。それに、靴《くつ》も気に入ってる。母さんが、ネットでかっこいい黒のウィングチップ（穴飾《かざ》りの付いた靴《くつ》）を見つけてくれた。だけど、だれだか知らないけど校則を作った人は、女子はスカートをはかなければならないって決めてしまった。男子はズボンでもいいのに。

こんなの、男女差別。バカみたい。不公平。母さんとマンマも、それには賛成してくれた。母さんは、九〇年代にあった従姉《いとこ》の結婚式《けっこんしき》以来、一度もスカートなんてはいてないって言った。

だから、別の学校にいかせてくれるようなんとか説得しようとしたけど、バンクリッジ中学はこのあたりではいちばんいい学校で、母さんもマンマも、教育に関してはかなりうるさいから、教育がどれだけ大切かっていうような話をえんえんと聞かされた。しかも、メイジーもバンクリッジにいくことになってたから、親友なしでつらい中学生活に立ち向かう気にはなれなかった。

そういうわけで、どうしようもなかった。

「女子は、膝丈《ひざたけ》の黒のプリーツスカートを着用のこと」

夏休みのあいだ、ここのところは百回は読んだと思う。パソコンの画面を穴の空くほど見つめて、もっとまともな文章に変身しろって念じてた。

問題は、「スカート」っていう言葉じゃない。本当の問題は、スカートじゃない。問題は最初の言葉。

問題はそこ。

女子。

たしかに外から見たら、女に見えるかもしれない。でも、内側は男なのだ。

2

　なんとなくほかの人とちがうって気づいたのは、七歳《さい》か八歳《さい》のころだ。といっても、ある朝起きて、「自分は男だ！」って思ったとかじゃない。そういう思いがじわじわとしのびよってきて、何回か肩《かた》をたたかれて、で、だんだんと意識するようになっていった。まず、「女の子」っていう言葉は自分にはしっくりこないって思いはじめた。サイズの小さい靴《くつ》みたい。窮屈《きゅうくつ》でしめつけられているような感じがした。

　とはいえ、初めのうちはそんなに気にならなかった。自分が男の子か女の子かなんて、どうでもいいような気がしていた。母さんとマンマも、エンツォに対するのとまったく同じ態度で接してくれてたし。ちがったのは、寝《ね》る時間くらい。でも、それはこっちのほうが年上だからってだけ。服だって、好きなものを着られた。家でも、そう、学校でも。それでも、母さんたちに自分の思いを話さなきゃならないって、わかってた。だけど、言おうとするたびに、口の中で言葉が干上《ひあ》がってしまう。夕食のときに、いきなり話しはじめるようなことじゃないし。「ケチャップ、回してくれる？　あ、それとさ、自分のこと、男だと思うんだよね、女じゃなくて」なんて。

最初は、だれかに「女の子」とか「娘《むすめ》さん」とか「お姉さん」とか言われると、なんとなく落ち着かない気持ちがするっていうくらいだった。リヴって呼んでくれって言ってるのに、相手があくまでオリヴィアって呼ぼうとすると、すごくイライラした。リヴっていう呼び名にだって、満足してるわけじゃない。だけど、オリヴィアよりはずっとまし。そのうち、特に理由もないのに、名前を呼ばれるたびに腹が立ったり怒《いか》りを感じたりするようになった。ううん、そうじゃない。理由はある。だれだってたいていは、自分には当てはまらないと思ってる名前で呼ばれつづけたら、腹が立つと思う。

そして、とうとう〈事件〉が起こった。それって、男かどうかってこととはまったく関係ないんだけど、その〈事件〉のせいで、いきなりみんなが「あなたは『怒《いか》りのコントロール』の問題を抱《かか》えている」とか言いはじめて、まるでタカみたいにこっちの言動にいちいち目を光らせるようになった。だから、そろそろ学校の制服を買いにいかなきゃってときになっても、万が一癇癪《かんしゃく》を起こしたらと思ったから「買い物にいっしょにいきたくない」とだけ言った。母さんもこなくていいと言って、サイズだけ測って、一人で買い物にいってくれた。そうしておいてよかったと思う。いっしょにいってたら、超人《ちょうじん》ハルク（アメリカンコミックのスーパーヒーロー。超腕力《ちょうわんりょく》の持ち主）みたいにあばれて、店をめちゃめちゃにしたかもしれないから。

ひとつだけ、楽しみにしてたのは、新学期にそなえて美容院にいくことだった。髪《かみ》を切りにいくのは、夏休み最終日の恒例《こうれい》の儀式《ぎしき》になっていた。なにがいちばんいいって、髪《かみ》を切ったあと、ランチを食べにいくこと。今回はさんざん考え抜《ぬ》いたすえ、ヌードルにしようって決めていた。髪《かみ》を切ること自体も、楽しみにしていた。

物心ついてから、髪《かみ》はいつもブレイクに切ってもらってた。ブレイクはモヒカン刈《が》りの髪《かみ》を青く染め、ＳＦ映画に出てきそうな派手なメイクをしてる。マンガも大好きで、お気に入りのキャラクターのタトゥーまで入れていた。だから、夏休みに読んだマンガのことを話したくてうずうずしながら美容院へいったのに、ブレイクがヨガの瞑想《めいそう》にいっていていなかったので、正直、かなりがっかりした。

代わりにキティが髪《かみ》を切ることになった。会ったのは、今日が初めてだ。見かけで人を判断しないように心掛《こころが》けているけど（理由はわかるよね）、キティをひと目見て、ウマが合わないってわかった。でも、勘違《かんちが》いであることを祈《いの》って、手はじめにマンガが好きかどうかきいてみた。好きじゃないそうだ。だとしても、きっと大丈夫《だいじょうぶ》、と自分に言い聞かせる。キティの笑顔《えがお》はすごく感じがよかったし、ブレイクと同じようにミントティーを出してくれたから。

でも、それから、「じゃあ、すわってね」って言って、目を細めて鏡をじっと見た。「さてと、これをどうしたらいいかしらね？」

「これ」っていう言い方が気に入らなかった。さすがにキティも鼻にしわまで寄せてはいなかったけど、そうしないようにぐっとこらえてるのが、バレバレだ。

最後に美容院にきたのは五月だったので、髪《かみ》は自分の好みよりだいぶ伸《の》びてしまっていた。だから、いつもどおりに切ってくれるようにお願いした。うしろと横は刈《か》りあげて、前髪《まえがみ》だけちょっと長め。「うーん」キティは、耳のあたりの不揃《ふぞろ》いな毛を引っぱって言った。「このへんを少し伸《の》ばしてみる気はない？　伸《の》ばしてるあいだは、うまくきれいに見えるようにしてあげるから。そしたら、あっという間に肩《かた》まで伸《の》ばせるわよ」

「やだよ！」ちょっと大きすぎる声が出てしまった。となりの席の女の人が、鏡越《ご》しにこっちを見た。だから、にらみ返してやった。

キティはなおも言った。「なんて言うか、もうちょっとやわらかな雰囲気《ふんいき》にしたらどうかなって思ったの……ほら、もう少し……」相手がウザいことを言おうとしてるときって、なんかピンとくる。「もう少し、女の子っぽく」

深く息を吸いこんでから、言った。「いいえ、けっこうです。いつもどおりにお願いします。バリカンを使って」ブレイクにバリカンで刈《か》ってもらうのは、すごく気持ちよかった。そのたびに、母さんとマンマとエンツォと農場へいって、羊の毛を刈《か》るのを見学したときのことが思い浮《う》かぶ。

「バリカン？　だめよ、だめ。バリカンを使うのは……」男の子のときよ、って言おうとしたのはわかった。男の人、かもしれないけど。だけど、こっちの表情に気づいて、最後までは言わなかった。

ふり返って、マンマを探したけど、受付のほうの席にすわって、電話で話していた。顔をしかめて、早口のイタリア語でしゃべってる。だれと話してるんだろ？　マンマはもう何年も、イタリアの家族とは連絡《れんらく》を取ってないはずだ。

もう一度深く息を吸いこむ。感情をうまくコントロールできなくなってきたら、そうするようにって、母さんに言われてるから。「あの、注文どおりの髪型《かみがた》に切ってもらえます？　そうしてもらえないなら、ブレイクがもどってきてから、予約を取り直すことにします」

どうやらうまくいったみたいだ。キティは明るすぎる笑《え》みを浮《う》かべて、ぎゅっと肩《かた》を握《にぎ》ってきた。「わかったわ、じゃあ、そうしてみるわね」

まあ、結果的には、キティはそこそこちゃんとやってくれた。それだって、好みから言えば、まだ長めだったけど。結局バリカンを使わなかったことについては、なにも言わないことにした。キティが仕上がりにあまり満足してないのはわかったけど、「お客さまは神さま」ってこと。マンマたちも、〈モンティーズ〉のことになると、いつもそう言ってる。〈モンティーズ〉っていうのは、マンマたちがまだ子どものいないころからやってる、イタリアンの総菜屋のことだ。

で、そんなことがあって以来　おかしな気持ちに襲《おそ》われるようになった。「おかしい」って言ったって、おもしろいっていう意味の「おかしい」ではない。自分はどこかへんなんじゃないかっていう気持ち。でも、へんなのはほかの人のほうじゃないかって思うときもあるし、どうしてみんな、自分には関係ないことにあれこれ口出しするんだろう、とも思う。

最悪なのは、ヌードルのランチまでキャンセルになったこと。マンマはさっきの電話で動揺《どうよう》したみたいで、お昼は〈モンティーズ〉にしてもいいかってきいてきた。母さんに話があるからって。理由はきかなかった。マンマの心の準備ができたら、話してくれるってわかってるから。

「がっかりさせちゃった？　ランチのこと？」信号を待っているとき、マンマがきいた。

「ううん、いいよ。どっちにしろ、ヌードルの気分じゃなかったし」

これはうそかもしれないけど、いいうそって気がした。相手の気分を良くするようなうそだから。だったら、問題ないよね？

3

結局、中学の初日は、母さんが中学まで車で送ってくれた。学校までは歩いて一〇分なのに、「一日かぎりの送迎《そうげい》サービス！」って言って。ここぞとばかりに昨日のマンマの電話のことをきいてみたけど、ここぞとばかりにたしなめられた。「あなたたちが心配することじゃないから」

「マンマはイタリアの家族のこと、嫌《きら》いなんだよね？」

母さんは悲しそうに笑った。「嫌《きら》いってわけじゃない。ただ……いろいろややこしいのよ。ところで、少しは気分は良くなった？　きっと楽しいから。新しいクラスに、新しいクラスメイト……」

答えられずに、スカートとチクチクするタイツを見下ろした。タイツをはけば少しはマシになるかもしれないって思ってた。目を細めたら、スキニージーンズをはいてるように見えるんじゃないかって。でも、ちがった。

「大丈夫《だいじょうぶ》、似合ってるから」

「ううん、バカみたいだよ」

母さんは同情するようにほほえんだ。「二、三週間ようすを見てみたら？　それでもまだ、だめそうなら、いつだって校長先生に電話して、話してあげるから」

答えずに、黙《だま》ってうなずいた。二、三週間なんて一生のような気がした。


約束どおり、校門でメイジーが待っていた。制服がよく似合ってる。メイジーはぜんぜんへんじゃない。メイジーがこっちを見て、ちらっとスカートに目を走らせたのがわかった。でも、なにも言わなかった。メイジーとは小さいころからずっと仲がいいけど、スカートをはいてるところを見られたのは、初めてだった。

メイジーとは親友なんだって言うと、みんな、ちょっと意外そうな顔をする。先生たちにも、ぜんぜんタイプがちがうってよく言われてた。まるで友だちになるにはそっくり同じじゃなきゃいけないみたい。それに、メイジーとはそんなにちがうわけじゃない。むしろ、似てるところも多い。同じマンガが好きで、同じ本が好きで、（たいていは）同じ映画が好きだ。アイスクリームのフレーバーも、ピザのトッピングの好みも同じ。中でもいちばん重要なのは、二人とも同じものをおもしろいって思うことだ（ユーチューブなら、いたずらがバレた犬特集とか、パンダのクシャミとか、恐竜《きょうりゅう》のふりをしてる人とか）。

メイジーに秘密（最近では、「例の秘密」って、「例の」をつけるようになりつつある）のことは話してない。言いかけたことは何度もあったし、特に最近は、言ってしまいそうになるときがある。夏のあいだ、グーグルでいろいろ調べまくった（そのあとは、かならず検索履歴《けんさくりれき》を消去するようにしてた。母さんもマンマも履歴《りれき》の調べ方なんて九九パーセント知らないだろうけど、念のため）。だから、すでにその言葉は知っていた。「トランスジェンダー」。なんとなくいい感じの言葉だと思った。変形ロボのトランスフォーマーにちょっと似てるし。トランスフォーマーのシリーズは大好きだ。これは、エンツォも同じ。「トランスジェンダー」のことは略して「トランス」とも言うらしいけど、それだとあまりかっこよくない。でも、そっちのほうが早くキーで打ちこめる。世の中には、トランスジェンダーの人がたくさんいることを知った。トランスジェンダーの人たちの人生をいろいろ紹介《しょうかい》しているサイトもあって、くり返し読んだ。もっと別のサイトやブログ、ユーチューブの動画も山のようにあって、すごくうれしかった。つまり、自分だけじゃないってわかったから。

メイジーならわかってくれると思うこともある。ありのままの自分を受け入れてもらえるような気がする。だけど、その朝、スカートをはいて、ピカピカのかわいい靴《くつ》と、ネクタイとお揃《そろ》いの赤と黒のバレッタでブラウンの髪《かみ》をポニーテイルにしているメイジーを見たら、やっぱり無理かもしれないって思った。

メイジーは制服にしっくりなじんでいた。こっちは宇宙服を着てるタコみたいに居心地《いごこち》の悪い思いをしてるのに。シャツはスカートの上からすぐにはみ出てくるし、チクチクのタイツは膝《ひざ》のところにしわができてしまう。タイツって世界最悪の発明品かも。最悪じゃなくても、核兵器《かくへいき》とか銃《じゅう》とかそういうやつの次にくることはまちがいない。たったひとつ、なぐさめになったのは、ネクタイはメイジーよりも似合ってることだった。何度も練習して、ちゃんと結べるようになってたから。蝶《ちょう》ネクタイのほうがもっとかっこいいけど、服装規定の中には入ってなかった。

メイジーも緊張《きんちょう》してるのはわかったけど、メイジーのほうが、なんて言うか、緊張《きんちょう》の仕方がうまい。ふだんより口数が少ないのと、歩き方を忘れちゃったみたいにぎくしゃくしてロボットみたいになってるのをのぞけば、傍目《はため》からは緊張《きんちょう》してるかどうかわからない。でも、となりにメイジーがいてくれてうれしかった。二人で階段をあがり、巨大《きょだい》な木の正面扉《とびら》をくぐって、バンクリッジ中学へ入っていく。深く息を吸いこむ。どうか少しでも早く今日という日が終わりますように。

4

　小学校は最高だった。もう小学生じゃなくなった今、ふり返ると、ますますすばらしく感じられ、当時どうしてありがたみに気づかなかったんだろうって後悔《こうかい》の念が湧《わ》きあがる。まず制服がなかったし、中庭には畑があって、野菜を育てる手伝いをすることもできた。なにがいいって、ほとんど全員を知ってたことだ。知り合いじゃなかったとしても、少なくとも見たことはあって、全員の顔を覚えていた。

　それに引きかえ、バンクリッジ中学にはバカげた服装規定がある。野菜を育てるような場所もありそうにない。そう、言い忘れてたけど、バンクリッジ中学はバカでかかった。校舎なんて、ホラー映画に出てきそうだ。古くて灰色で不気味で。ほかにもっと新しい建物もあって、校舎にしがみつくように建ってる。新入生の説明会の日に地図はもらったけど、なくしてしまった。授業によって変わる教室への行き方をちゃんと覚えて、時間どおりにたどり着けるようになるとは思えない。

説明会の日、校長先生は、バンクリッジ中学には五〇〇人ちょっとの生徒がいると言っていた。五〇〇人！　五〇〇人もいたら、軍隊ができそうだ。ブレザーとピカピカの黒い靴《くつ》を履《は》いた、完《かん》璧《ぺき》な軍隊。たしか小学校の生徒数は一五〇人くらいだった。それくらいが、まともでちょうどいい。エンツォは自分がどんなにラッキーかわかってない。あと三年も通えるんだから。

メイジーはちゃんと行き先をわかってるみたいだった。地図を暗記してきたんだ！　ってからかったけど、メイジーは教室へ向かう人の波に足を取られないようにするのにせいいっぱいで、笑い返しもしなかった。男子の一団が走ってきたときは、二人ともうしろに下がって、壁《かべ》にぴたりと体を押《お》しつけてやり過ごした。男の子たちは大声で叫《さけ》んで笑いながら、リュックでたたき合っていた。いつかはあんなふうにのびのびふるまえるようになるんだろうか？　それとも、ずっとこんなふうに、せいいっぱい縮こまって、壁際《かべぎわ》をこそこそ走らなきゃいけないとか？

みんな、めちゃくちゃ背が高い。小学校ではいちばん大きくて年上だったのに、こっちじゃいちばん小さくて年下になるんだから、へんな感じだ。まるでテレビゲームでだんだんレベルをあげてたのに、いきなりこれまで学んだ技をすべて失って、あっさりスタート地点にもどされたみたい。

ラッキーなことに、メイジーとは同じクラスだった。本当によかった。だれがとなりの席になるか心配しなくてすむんだから。そのぶん、ほかの心配事のほうに考えをふり向けられる。

メイジーと教室に入っていくころには、もしかしたら、そう、もしかしたらだけど、なんとか一日目を無事に過ごせるんじゃないかって気になっていた。けど、担任のマクリーディ先生がすべてをぶち壊《こわ》した。席があらかじめ決められていたのだ。

机ひとつにつき、男子と女子が一人ずつすわることになっていた。一瞬《いっしゅん》、だったら女子のとなりにすわらせてください、って言いそうになった。で、その女子がメイジーじゃだめな理由なんてないですよね、って。だけど、そんなふうにうまくいくわけないのは、なんとなくわかった。マクリーディ先生は、怒《おこ》ったワシにちょっと似ていた。

席は、メイジーの席のちょうど対角線上で、すでに窓側のほうに男子がすわっていた。小学校ではいつも窓側だったから、それだけでむかっとしたけど、取りあえず声をかけた。

「おはよう。リヴっていうんだ。そっちは?」

男の子は顔をあげて、ゆっくりと瞬《まばた》きした。それから、なにか難しい質問でもされたみたいに目を細めた。「ジェイコブだよ。リヴって、ずいぶん変わった名前だよね？」

一瞬《いっしゅん》でジェイコブが嫌《きら》いになった。どういうタイプの男子かわかったから。クラスで人気のあるタイプ。ダークブラウンの髪《かみ》はくしゃっとしてるけど、ただくしゃくしゃなんじゃなくて、鏡の前で長い時間をかけて、べとべとしたものを塗《ぬ》りたくってるくしゃくしゃだ。いすにすわってる姿勢もゆったりしてて、完璧《かんぺき》にくつろいでますって感じ。フランシスおばあちゃんのうちであいうすわり方をすると、必ず「ちゃんと背中を伸《の》ばしなさい」って怒《おこ》られる。「レディらしくしなさい」って。どれだけそう言われるのが楽しいかは、わかるよね。

唯一《ゆいいつ》の希望の兆しは、ジェイコブの目だった。嫌《いや》なやつの目には見えない。なれなれしい笑顔《えがお》のうしろに、やさしさがひそんでる感じ。

となりの席にすわると、こっち半分にはみだしてるジェイコブの脚《あし》をぐいと押《お》してやった。本物の男子ってどうして場所をいっぱい取るんだろ？　そう思った次の瞬間《しゅんかん》、自分で自分が嫌《いや》になる。いつから「本物の」男子なんてふうに考えるようになったわけ？　そんなのまちがってる。ピノキオじゃあるまいし。こっちだって、ジェイコブと同じように本物の男子なんだから。まだ、知ってる人はいないけど。

「別に変わってないし」筆箱を出して、机の端《はし》に置くのに集中しようとする。そのとき、スカートがももまでめくれあがってるのが目に入って、すわったままもぞもぞして、元の位置まで引っぱりおろした。これからは、すわるっていう単純な動作にもいちいち苦労しなきゃならなくなるわけ？　無理だ、ぜったい慣れるなんて無理。一生かかっても！

ジェイコブはリュックの中を引っかき回して、なにかを床《ゆか》に落とした。ガシャンという音がして、ジェイコブはクソとかなんとか悪態をついた。なにを落としたのか身を乗り出して見ようとしたけど、ジェイコブの背中がじゃまで見えない。そのうち、ジェイコブはリュックのチャックを閉めてしまった。そして、こっちをふり返ると、得意満面で自分の筆箱をふりかざした。

おんなじだった。っていっても、ジェイコブのほうが古くて、コンパスで刺《さ》したあとがあって、いろんな色の落書きだらけだけど。こっちのは、今日のために買った新品。おばあちゃんはピンクの筆箱を買ってきたんだけど、母さんが味方についてくれて（「リヴがピンクを好きじゃないのは、よく知ってるはずでしょ！」）、次の日にお店に連れていってくれた。だから、黒と白と灰色の迷彩柄《めいさいがら》のを選んだ。なんか、都会の戦士って気持ちになれるから（ペンと、鉛筆《えんぴつ》と、エンツォのところからこっそり取ってきたティラノザウルスの定規で、隙《すき》なく武装した都会の戦士）。

「それって、おまえにはちょっと男っぽくない？」ジェイコブはにっこり笑った。これまで何度、こういうバカなコメントを聞いただろ？　うんざり。

「それって、あんたにはちょっと男っぽくない？」そう言って、思いっきりにらみつけてやった。

一秒か二秒、そのままにらみ合った。けんかになるかもしれない。だとしても、別に初めてってわけじゃない。と思ったとき、ジェイコブが声をあげて笑いだした。「たしかにそうだな。あと、リヴって、いい名前だよな」

「ありがと。あのさ、その腕《うで》時計、すごくいいよ」

ジェイコブはそのあとまるまる五分間、腕《うで》にはめてるダイビングウォッチの特徴《とくちょう》についてひとつひとつ説明してくれた。ほんとのこと言って、かなりうらやましかった。でも、楽しかった。少なくとも、中学の初日で、本当の自分からはほど遠い服を着てるわりには、そうとう楽しかった。ジェイコブ・アーバックルの第一印象はいいとは言えなかったけど、もしかしたら、まちがってたかもしれない。ふだんは自分がまちがってたって思うのはすごく嫌《きら》いだけど、今回はあまり気にならなかった。

5

「すごいよ！　リヴったら、めちゃめちゃついてる！」メイジーに腕《うで》をつかまれ、教室から引っぱりだされた。

数学が小学校時代より（はるかに）難しくなりそうだってことに気づいて、頭がくらくらしてたのに。

「なんの話？」

メイジーは、頭がどうかしちゃったんじゃないかって顔で言った。「彼《かれ》よ！　ジェイコブ・なんとかっていう！　彼《かれ》ってすっごく……」

「すっごく、なに？」

「イケてる！」メイジーが肘《ひじ》で突《つ》っつく。「気がつかなかったなんて、言わせないし！」

ため息をついた。「イケてる」っていうのは、最近のメイジーのお気に入りの言葉だ。この夏からしょっちゅう使うようになったんだけど、なんかイラつく。たいていは、頭悪そうなバンドの男とか、やっぱり最近メイジーが見はじめたくだらないラブコメに出てくる俳優とかに使う。現実の人間に対して使ったのは、初めてかも。

「あたしのとなりなんて、オタクのニコラス・ベイカーなんだから。リヴは彼《かれ》のとなりなのに！」メイジーが怒《いか》りくるってるので、笑ってしまった。

そのとき、うしろから声をかけられた。「まさかジェイクにふり向いてもらえるとか、思ってるわけ？」

ふり返ると、ブロンドの女の子が二人立っていた。堂々《どうどう》と会話を盗《ぬす》み聞きしてたらしい。この二人のことは、授業のときから気づいてた。ていうか、気づかないわけない。派手で、感じ悪くて、もうさっそく教室は自分たちのものって感じでふるまってるんだから。マクリーディ先生が出席を取ったときに、二人がジェイド・エヴァンスとチェルシア・ファローっていう名前だってことも、ちゃんとチェックしていた。

「あの、あたし、メイジー。で、こっちが……」メイジーはつっかえつっかえ言いはじめた。

「別に聞いてないし。あんたみたいなタイプ、よく知ってるから」ジェイドが言った。よりブロンドで、より背が高いほうだ。

「ごめんなさい、あたし、ただ……」メイジーは真っ赤になってる。

そんなメイジーを見て、こっちが恥《は》ずかしくなった。こんな子たちの前ですごすご引き下がろうとするなんて。メイジーはむかしから面と向かってなにか言ったりやったりするのが苦手だ。

だから、代わりに前に出て、言った。「アドバイスありがとう。だけど、今のはプライベートな会話だから。あと、ここは自由の国だから、メイジーがだれのことを好きだと言おうとかまわないはずだけど」

そして、メイジーと腕《うで》を組んで、向こうへ引っぱっていった。「お礼はあとでいいよ」

ところが、メイジーは身をよじって、腕《うで》をはなした。「覚えてる？　あたしたち、新しい友だちを作るんだよね？」

なにを言いたいのか、ぜんぜんわかんなかった。「あの二人と仲良くなりたいわけ？　あんなひどいやつらと!?」

メイジーはため息をついた。「どうしてひどいなんてわかるのよ？　どうしていつもすぐに決めつけるわけ？」

反論しようとして口を開きかけたけど、また閉じた。見ただけでどういうタイプかわかるときがあるってことを、どう説明すればいいわけ？　相手と知り合う必要なんてない。向こうに判断される前に、こっちが判断したほうがいい場合がある。向こうに嫌《きら》われる前に、こっちから嫌《きら》ってやればいい。

メイジーはあきれたって顔をした。「もういい。あたし、お手洗いへいくから。歴史の授業でね」そして、いってしまった。

廊下《ろうか》に友だちをたった一人、置き去りにしたまま。

こっちだってトイレにいっておきたかったけど、メイジーのあとにくっついていくなんてありえない。昼休みまでがまんすればいい。なるべく女子トイレっていう関門に立ち向かうのはあとまわしにしたいし。

やっぱり中学初日はうまくいきそうもない。

その日の三時半に終業のベルが鳴ったころには、がまんの限界まで達してたけど、なんとか顔に笑《え》みをはりつけて、母さんの車に乗った。

母さんは一から十まで知りたがった。だから、〈モンティーズ〉に着いたころには、楽しい日を過ごしたふりをしたせいで、くたびれきっていた。でも、言うまでもなく、母さんがカラテにいってるエンツォを迎《むか》えにいってるあいだ、今度はマンマとダンテ相手に同じことをくり返さなきゃならなかった。一刻も早く家に帰って、まともな服に着替《きが》えたくてしょうがなかったのに。

ダンテはスカート姿を見てもなにも言わなかったけど、学校についてはいて山ほど質問してきた。そんなふうに話しているうちに、少し気分がよくなってきた。〈モンティーズ〉はたぶん、世界一好きな場所で、そのいちばんの理由はダンテがいるってこと。母さんはいつも、ダンテのことを町いちばんのバリスタ（カフェでコーヒーを淹《い》れる専門職人）だって言ってる。コーヒーのことはわからないけど、ダンテの作るホットチョコレートはめちゃめちゃおいしい。

カウンターに寄りかかって、マンマが今夜うちで食べるハムを切ってるのを見ていた。マンマがこっそり一、二枚（正直に言うって。ほんとは三枚）つまみ食いさせてくれたから、ラッキーだった。死ぬほどお腹《なか》がすいてたから。昼休みはほとんど食べられなかったのだ。

昼休みにいった学校のカフェテリアの感想は、動物園と牢獄《ろうごく》とどっちに近いだろう、ってこと。どっちにしろ、いきたいような場所じゃない。そこにいる生徒たちはみんなすでに、知り合いみたいに見えた。一年生もだ。ジェイド・エヴァンスとチェルシア・ファローは、大勢ですわってるテーブルの真ん中にいた。

メイジーとトレイを持ったまま突《つ》っ立って、すわる席を探そうとした。さっきのことがあったから、メイジーがいっしょに食べてくれるか心配だったけど、ちゃんと教室を出たところで待っていた。「どうせカフェテリアの場所も知らないんでしょ?」

うなずきながら、さすがに決まり悪かった。

メイジーはまたため息をついたけど、今度のは、本当は好きな相手への愛情のため息って感じがした。顔も笑顔《えがお》になってる。「ほら、いこ」

ジェイコブは、何人かの男子といっしょにすわってた。赤《あか》ん坊《ぼう》のときからの知り合いって感じで、笑ったりふざけたりしてる。小学校がいっしょだったのかも。

反対側のほうに空いているところがあったので、メイジーに指をさして教えた。うちのクラスのマリオン・なんとかっていう女の子が独《ひと》りですわってる。マリオンはだれかが通りすぎるたびに、期待をこめた目でそっちを見上げていた。

メイジーは首を横にふった。「あっちは?」メイジーはジェイドとチェルシアのすわってるとなりのテーブルを指さした。二席しか空いてない。

メイジーに試《ため》されてるのがわかったから、「いいよ」って言って、そっちのほうへさっさと歩いていって、空いている席にすわった。

最悪の昼休みだった。メイジーは正面にすわってた女子とずっとしゃべってた。その横の女子は、反対側のとなりの子としゃべりつづけてたから、結局一人で皿を見てるはめになった。大量のねっとりしたマッシュポテトと、ねずみ色っぽいソーセージが二本のってる。マッシュポテトが見えなくなるくらいケチャップをかけて、ぐちゃぐちゃに混ぜたら、しまいにはピンク色になった。ふだんはぜったいに食べ物で遊んだりしない。最近じゃ、それはエンツォの担当。だけど、今回は事情が事情だ。ピンク色のマッシュポテトにソーセージを突《つ》き刺《さ》して、マッシュポテトの山をロキ（北欧《ほくおう》神話のいたずら好きの神を模したアメコミのキャラクター）がかぶってるヘルメットみたいな形にした。

メイジーはちらりとこっちを見て、ヘルメットに気づくと、テーブルの下で足を蹴《け》飛《と》ばしてきた。「いて！　なにすんだよ？」

メイジーはきっとにらみつけただけで、また前にすわってる女子としゃべりはじめた。紹介《しょうかい》もしてくれないから、その子の名前すらわからない。

気分が悪くなってきた。それに、さみしかった。それで結局、マッシュポテトを三口と、ソーセージを半分しか食べられなかったうえ、そのころには料理はすっかり冷めて、ますますまずくなっていた。

午後の授業もたいして変わらなかった。スペイン語はジェイコブのとなりだったけど、ジェイコブはちっとも話しかけてこなかった。脇目《わきめ》もふらずノートの裏になにか描《か》いてる。なにを描《か》いてるのかと思って何度か身を乗り出したけど、肘《ひじ》を曲げてノートを囲ってるので、なにも見えなかった。

ベルが鳴ると、すぐさま外へ飛び出した。メイジーに、バイバイすら言わなかった。また言い合いになるんじゃないかって思ったから。だったら今日は話さないで、気分も新たに明日をスタートさせたほうがいいだろう。

6

二日目も三日目も、いっこうに良くなる気配はなかった。金曜日の午後が待ち遠しくてしょうがない。すでに、シャツのすそがスカートから出ているのを二回、靴《くつ》ひもがほどけているのを一回、注意されていた。タイツにも穴をあけちゃったし（これは二回）。だって、蝶《ちょう》の羽よりも弱いんだ。そしてなによりも最低なのは、スカートはスカートのまま、変わらないってことだった。あたりまえだけど。

そのことを、なんとかメイジーに伝えようとした。水曜日の休み時間だった。

「ズボンが発明されたんだから、スカートなんてもういらないと思わない？」

「スカートが好きな人もいるでしょ」

「まあそうだけど、世の中にはバカなやつもいるからね」思わず顔をしかめる。「あ、もちろん、メイジーはちがうよ。ただざ……服装規定なんてバカバカしいってこと」

「入学する前から、服装規定があるのは知ってたでしょ？」

そんな感じで、なんだかかみ合わなかった。メイジーが同情してくれると思ったのに。だって、親友っていうのはそういうもんだよね？

「中学なんて大嫌《だいきら》い」そう言って、態度で示そうと思って壁《かべ》を蹴飛《けと》ばした。おかげで、ただでさえ最低の気分なのに、つま先が痛くなった。あー、ほんと、バカだし。

「たかがスカートでしょ、リヴ。大げさすぎるよ」

答えとしてはもっとひどい答えだってあっただろうけど、でもその時点で、いちばん聞きたくないセリフだった。怒《おこ》ったりどなったりすることもできなくて、黙《だま》ってしまうことがある。そのときも、そうだった。

しばらく黙《だま》りこくってたら、やっとメイジーが謝ってきた。きっかり四七分後。「ごめんね。リヴがスカートとかドレスとか女の子っぽいものを嫌《きら》いなのはわかってる。だけど、あたしはそうじゃない。だから、うまく理解できないんだと思う……でも、理解できるよう、がんばるね」

そのときこそ、メイジーに本当のことを打ち明けるのにぴったりだったのに、ベルが鳴ってしまった。次の教室は校舎の反対側だったから、急がなきゃならない。でも、ほんとのほんとに自分に正直になれば、ベルにじゃまされなかったとしても、話さなかったと思う。まだそこまで心の準備はできてない。そう、ぜんぜんできてなかった。

毎日、家に帰るとすぐに、制服を脱《ぬ》いでジーンズとTシャツに着替《きが》えた。で、洗濯《せんたく》に出さないものは、いちばん下の引き出しに突《つ》っこんで、力まかせに閉めた。

ふつうの服に着替《きが》えたあとも、「自分らしい」気持ちになるまでに、一時間くらいかかった。腕《うで》時計は毎回必ず外して、枕元《まくらもと》の引き出しにしまうようにした。そうすれば、次にまた学校へいく支度《したく》をするまで何時間あるか、しょっちゅう考えずにすむからだ。そうとう注意してスマホの時計は見ないようにしたし、食事のときもキッチンの時計を見ないように、最大限の努力を払《はら》っていた。でも、そう簡単にはいかなかった。いつの間にか時間は敵となり、だからといって闘《たたか》おうにも、こっちにはできることはなにもなかった。なにをしようと、時間は容赦《ようしゃ》なく進みつづけた。

バンクリッジ中学に通いはじめてから、いいこともふたつだけあった。

1. 体育の授業。体育の授業は、バンクリッジのいちばんいいところだと思う。なぜなら、いろんな種類のスポーツができるからだ。ひとつだけ欠点があるとすれば、更衣室《こういしつ》だけど、うまくやる方法はすでに編み出していた。更衣室《こういしつ》まで走っていって、いちばんに入り、超《ちょう》特急で着替《きが》えればいい。ほかの子たちがパラパラと入ってくるころには、すでに短パンとTシャツに着替《きが》え終わってるってわけ。さすがの学校も、スポーツをするのにスカートをはけとは言わなかった。おまけに一〇〇メートル走で一位になった。ジェイド・エヴァンスは二位で、かなりご機嫌《きげん》ななめだった。

2. やっとジェイコブが絵を見せてくれた。木曜の終業のベルが鳴る直前。ドラゴンのからだにマクリーディ先生の顔がついていて、仕上げは先生がいつもかけている時代遅《じだいおく》れのへんなメガネ。口から火を噴《ふ》いていて、よくよく見ると、炎《ほのお》の中に数字や数学の記号が描《か》いてある。めちゃめちゃうまい。

すごい勢いで誉《ほ》めまくったら、ジェイコブは恥《は》ずかしそうにしてた。でも、絵の才能ゼロの立場から見ると、よけいにすごく思えたんだ。そしたら、ジェイコブは肩《かた》をすくめて、ノートのページを破りとると、やるよって言って差し出した。お礼を言おうと思ったときにはもう、ジェイコブは教室から飛び出していた。

丁寧《ていねい》にたたんでカバンにしまってると、ジェイドがやってきた。

「なにそれ？　ジェイクへのラブレターとか？」ジェイドはそう言って、机の横を通るときにわざとカバンをぶつけてきた。「あんたがジェイクの好みとは思えないけどね！」そして、笑いながらそのまま歩いていった。チェルシアがあわててあとを追いかけていく。そしたら、ジェイドはドアの手前でふり返って、大声で言った。「そういえば、あんたのそれ、すっごい髪型《かみがた》よね！」

別にどうでもいい。ジェイドなんて無視するのは簡単。ブンブン飛びまわるうるさい蠅《はえ》みたいなもので、しばらくすれば頭から追い出せる。でも、ふり返ったら、メイジーが見えた。

メイジーは笑っていた。

7

木曜日の夜、マンマが部屋にきて、話したいことがあると言った。やっと、バンクリッジでみじめな毎日を送ってるってことに、気づいてくれたのかもしれない。明日、学校へ乗りこんでいって、校長先生に服装規定なんてバカバカしいって言ってくれるのかも！

でも、そうじゃなかった。マンマは、日曜日に美容院で電話をしていたのはお兄さんのマウリツィオなの、と切りだした。

「だけど、お兄さんとはずっと口をきいてないんじゃなかった？」

「そうよ」理由をきく必要はなかった。マンマの家族は、マンマが母さんといっしょになることに反対だった。イタリアのマンマの村にいるどっかの男と結婚《けっこん》すべきだって思ってたんだ。マンマのパパは、二度とマンマの顔は見たくないって言った。それって、言わせてもらえば、親が子に言うこととして最低だと思う。なぜ知ってるかっていうと、母さんがダンテに話してるのを立ち聞きしたからだ。

「じゃあ、どうして電話をかけてきたわけ？」

マンマが手を握《にぎ》ってきた。安心させようとしたんだろうけど、本当はマンマが安心したかったのかもしれない。「わたしの父が……父が重病なの」

「どのくらい？」

「もう助からないと思う」マンマはぽつんと言った。マンマがごまかさずに言ってくれたことが、うれしかった。

マンマの手をぎゅっと握《にぎ》り返す。「マジできついね」

マンマがびっくりして笑ったら、鼻が鳴った。「ほんとに『マジ』って感じよね」

「エンツォも知ってんの？」

マンマは首を横にふった。「これから話すところ」そして、震《ふる》えながら深く息を吸いこんだ。

「とにかく、リヴには言っとかなきゃって思っただけ。もっと早く言うべきだったけど、なんていうか……なかなか現実がのみこめなかったのよ」

「飛行機はもう予約したの？」

話しはじめて初めて、マンマは泣きそうな顔になった。「いいえ」マンマは悲しそうに首をふった。「いくつもりはないから」

なんて言ったらいいのか、わからなかった。言葉が役に立たないときがある。だから、代わりにハグした。マンマは、心配しなくてもわたしは大丈夫《だいじょうぶ》だから、って言った。

マンマが出ていってドアが閉まると、ベッドに寝転《ねころ》んで、会ったことのないマンマのイタリアの家族のことを考えた。写真すら見たことがない。だから、そもそもマンマのパパっていう人が存在することを受け入れるのが難しかったし、死にかけてるなんて、ぜんぜんピンとこなかった。その人のことをおじいちゃんだとは、とても思えなかったのだ。

はたして自分は悲しんでるのかそうじゃないのか、考えてたとき、メッセージの着信音が鳴った。メイジーだ。やっと返事を寄こしてきたらしい。学校から帰ってきてすぐに、ジェイドが意地の悪いことを言ったときにどうして笑ってたか、きいたのに。


〈笑ってたのは、ぜんぜん関係ないこと〉

〈じゃあ、なに？〉

〈覚えてないよ。どうしてそんなことでいちいち騒《さわ》ぐの？　ジェイドは別に意地悪で言ったんじゃないと思うよ。ところで……ネットフリックス（映画やドラマなどをネット経由で配信している会社）で新しく始まったドラマ、観《み》た？　あたし、もう四回目まで観《み》ちゃった！〉

こっちには、テレビなんかよりもっと大切なことがある。でも、メイジーにマンマのパパのことは話したくなかった。それは、家族の問題って気がしたから。

〈制服のことを考えてたんだ〉

〈またその話？　諦《あきら》めなきゃだめだよ〉

〈無理だよ！〉

〈女の子はスカートをはかなきゃ。そう決まってるんだから。別に意地悪を言ってるんじゃないよ……リヴの力になりたいだけ……わかってくれるよね?〉

返事は出さなかった。学校のサイトでもう一度服装規定のところを読み直してたから。

アイデアが閃《ひらめ》いたのは、そのときだった。

8

金曜日、早めに学校にいった。母さんたちはうれしそうだった。中学に慣れてきたしるしだって思ったのかも。

まずいったのは、女子トイレだ。個室に入って鍵《かぎ》をしめ、カバンを開ける。お腹《なか》のあたりがぞくぞくする。これって、緊張《きんちょう》してるのか興奮してるのか、どっちなんだろう。

丸めて入れておいた黒い綿《めん》のズボンを取り出す。万が一、マンマか母さんが急にカバンの中をチェックしようと思ったときのために、底の方に詰《つ》めこんであった。二人ともそんなことはしたことがないけど、今回みたいな計画を実行しようってときは用心に用心を重ねても損はない。朝食のとき、マンマは口数が少なかった。エンツォがシリアルにかけたミルクを器《うつわ》から直接、ズズズーって音を立てて飲んだときも、なにも言わなかったくらい。ほかに考えなきゃいけないことがあるときに、制服のことで煩《わずら》わせたくなんかなかった。

靴《くつ》を脱《ぬ》いで（もちろんその前に、靴下《くつした》で立っても平気なように床《ゆか》にトイレットペーパーを敷《し》いた）、ズボンをはいた。

鏡で自分の姿を見ていると、マリオン・メルツァーが入ってきた。でも、こっちに気づくと、またそそくさと出ていった。だれかがいると身がすくんでトイレが使えない人間は、ほかにもいるってことらしい。

最後にもう一度鏡でチェックしてから、カバンを肩《かた》にかけて、廊下《ろうか》へ出ていった。でも、ほとんどだれも気づかない。ちょっとがっかりする。

教室に入っていくと、ジェイコブはすでにきていて、机に突《つ》っ伏《ぷ》していた。寝《ね》てるのかと思ったけど、となりにすわると、音で気づいたのか、顔をあげた。顔色が悪くて、疲《つか》れてるみたいだ。

「大丈夫《だいじょうぶ》？」机にカバンをドサッと降ろして、たずねた。

「まあね」ジェイコブは曖昧《あいまい》な感じで答えた。「ああ、大丈夫《だいじょうぶ》だよ」

「そうは見えないけど」

「うん……ちょっと頭が痛くて」

うそだってすぐわかったけど、別によかった。他の人に言いたくないことがあるときの気持ちは、よくわかるから。

「これ、どう思う？」両手を腰《こし》に当てて、スーパーヒーローっぽく胸を張って見せた。

「どう思うってなにが？」

ジェイコブが気づくまで待った。

「うそだろ、めんどくさいことになるぞ」

そう言われて、笑ってみせたけど、頭の中でジェイコブの言うとおりだってささやく声がした。

「うちの学校、服装のことはマジでうるさいんだよ。知ってるだろ？　鼻にピアス開けたやつが、三日間の停学を食らったって聞いたよ」

ジェイコブのとなりにすわって、にんまりと笑った。「だって、正確には規則を破ってないから。停学にできるかどうか、やってみろってわけ」

「どういう意味だよ？　女子はスカートをはかなきゃいけないと思ってたけど？」

「スカートははいてるよ。ただ、ズボンもはいてるってだけ。服装規定には、それについてはなにも書いてないからね」

ジェイコブの顔にじわじわと笑《え》みが広がった。「おまえってどういうやつだよ？　悪の天才か？」

どうってことないって感じで肩《かた》をすくめてみせたけど、内心興奮のあまりどうかなりそうだった。たしかにまだスカートははいてるけど、下にズボンをはいてると、だいぶましな気がする。古代の戦士とか、そんな感じ。不死身になったような気がした。

あいにく、マクリーディ先生は悪の天才とも古代の戦士だとも思ってくれなかった。少なくとも、ズボンを見て教室から追い出したときは、そうは言わなかった。

そもそもジェイドが指摘《してき》しなかったら、気づきもしなかったと思う。窓を開けようとして立ちあがったら、ジェイドが一段と大きな甘《あま》ったるい声で、「リヴ。そのズボン、すっごくすてきよ」って言ったのだ。もちろん、みんながこっちを見た。別に気にしなかった。なにも言われずに一日やり過ごせると思うほど、バカじゃない。まあ、一〇分でバレるとは思ってなかったけど。

廊下《ろうか》に出ると、マクリーディ先生に説明するように言われたので、説明した。

先生は首をふって、ため息をついた。「おもしろい冗談《じょうだん》だと思ってるんでしょ？」

「いいえ、先生」ジェイドとチェルシアが、教室のドアについてる小さい窓から口を開けてこっちを見てる。

「服装規定の意味はわかってるはずでしょう。いくら言葉じりをとらえて、ちがう解釈《かいしゃく》ができたとしてもね。今すぐ校長室へいかせることだって、できるんですよ」それを聞いて、思わずひるんだ。「でも、まだ新学期が始まって一週間も経《た》っていないわけですから、好意的に解釈《かいしゃく》すべきなんでしょうね。今回だけよ……ただし、今すぐお手洗いへいって、そのズボンを脱《ぬ》いできなさい」

「ありがとうございます、先生」もごもごと小さい声で言った。

「さあ、いきなさい。急いで。わたしの気が変わったら、困るでしょう？」

ぎりぎり間に合って、ちょうどホームルームが終わる前に教室にもどった。マクリーディ先生は、スカートが膝《ひざ》のあたりで揺《ゆ》れているのを見てうなずいた。ジェイドはじろじろ見て、となりの男子になにかささやいた。すると、その男子もこっちをじろじろ見た。ヒソヒソとささやいて、笑ってる子もいる。メイジーは顔をあげもしなかった。

ベルが鳴って、荷物をまとめてると、ジェイコブが言った。「やってみる価値はあったよ。あんな規則、バカバカしいもん」

ようやく賛成してくれる人が現われて、救われたような気持ちでうなずいた。

メイジーは廊下《ろうか》に出たとたん、ダッシュしたにちがいない。教室を出たら、もう姿は見えなかった。どういうつもりなわけ？

「さっきの、似合ってたよ」うしろから、ようやく聞こえるくらいの声がした。

だれだろうと思ってふり返ると、マリオン・メルツァーがうつむいて教科書を胸にしっかりと抱《だ》き、足早に遠ざかっていくところだった。お礼を言う暇《ひま》もなかった。

休み時間になってやっとメイジーと話せたけど、会話はどこかぎくしゃくしてた。

今朝の事件のことをジョークにしようとしたけど、メイジーはぜんぜん反応しない。だから、なにかあった？ってたずねたら、いきなりこっちを向いて言った。「なに、考えてんの？これで完全に、みんなに、そう、へんな子って思われちゃったってわかってる？つまり、あたしまでへんだって思われるってことよ。リヴと仲がいいから」

「まあ……別にいいよ」

「『別にいい』ってどういうつもり？リヴはみんなに好かれたくないの？」

「そうじゃないけど」肩《かた》をすくめた。「でも、ズボンをはいただけで、どうして好かれなくなるわけ？しかも、そんなことでメイジーの印象まで変わるとか、ありえる？」

完璧《かんぺき》に論理的。でも、メイジーはそう思わなかったらしい。

「リヴってときどき、本当に耐《た》えられない。耐《た》えられないのよ。じゃ、授業で」

メイジーはすごい勢いでいってしまった。だから、独《ひと》りでリンゴをかじるしかなかった。

9

土曜日、マンマとエンツォと映画にいった。そのあいだ、母さんとダンテが〈モンティーズ〉の店番をしている。土曜日はマンマと母さんが代わりばんこに店に出て、店に出ていないほうが、子ども二人の面倒《めんどう》を見ることになっている。マンマはたいてい映画か美術館、母さんはビーチまで散歩するか、サイクリングに連れていってくれることが多い。たまにマンマも、自分の番の日に「意表をつくために」ビーチへいこうって言うこともあった。

土曜日の夜にマンマのお兄さんがまた電話をかけてきたけど、マンマはドアを閉めてキッチンに閉じこもってしまったので、なにも聞こえなかった。まあ、聞こえたからって、意味がわかるわけじゃない。マンマは一生懸命《いっしょうけんめい》教えてくれてたんだけど、イタリア語はぜんぜんだめだから。イル ミオ イタリアーノ ノ ネ タント ブォーノ（イタリア語はうまくありません）ってわけ。三人でソファーにすわってたら、母さんがテレビのボリュームを上げた。エンツォが、マンマのお父さんのことを聞いて、悲しいけど、会ったこともないのにどうして悲しいのかわからない、と言った。

「みんな、同じ気持ちだと思う。二人とも、今は特別いい子にしてね。そしたら、助かる。そりゃあ、もちろん、いつだっていい子でいてほしいけど、わたしは現実的な人間だからね、トラブルメーカーのあなたたちにそれを期待するのは無理だってわかってるわけ」

「トラブルメーカー？　ぼくたちが？」エンツォが、さもびっくりしたみたいにきき返した。エンツォったら、目まで見開いちゃって、いかにもむじゃきな顔を作ってた。


日曜日は〈モンティーズ〉の定休日なので、週に一度の、家族四人で過ごす日になっている。たいてい朝は、マンマと母さんの超巨大《ちょうきょだい》なベッドにみんなで乗っかって、紅茶と焼きたてのバタートーストの朝ごはんを食べる。もちろんガリバルディもいっしょだけど、脚《あし》が三本しかないからベッドに押《お》しあげてやらなきゃならない。でも、トーストをしっかり見張ってないと、あっという間にガリの胃の中におさまってしまう。

ふだん、日曜は一週間でいちばんいい日だけど、今日はちがった。目が覚めると、お腹《なか》のあたりがずんと重くて、ムカムカした。もうすぐ週末が終わってしまうんだと、どうしても思ってしまう。実際には、まだ丸一日あるのに。

いつもどおりトーストの端《はし》っこまでたっぷりバターを塗《ぬ》って、三角形に切る。でも、お腹《なか》のむかつきはおさまらない。あーあ、最低。これから三年間、毎回、日曜がだいなしになるってわけか。マンマと母さんの目は節穴じゃない。すぐになにかへんだって気づいたらしい。母さんがぎゅっと抱《だ》きしめて、今日はリヴが好きなようにしなさいって言ってくれた。エンツォはブツブツ言ったけど、エンツォのふくれっ面《つら》を見ても、いつもみたいに笑う気になれない。母さんに、宿題があるから出かけたくないって言うと、母さんはうなずいて、代わりに〈サンデー・ムービーナイト〉の映画を選ぶようにって言った。日曜日の夜はうちで映画を観《み》るのが恒例《こうれい》になってる。で、映画よりさらに重要なのは、映画のお供になるおつまみ選び。母さんの顔色をうかがいつつ「チーズをたっぷりかけたナチョス（トウモロコシの粉で作るチップスにさまざまなトッピングをしたもの）とか？」って言ってみた。ナチョスなら、気分をあげてくれるかも。

「ナチョスね！」母さんは笑顔《えがお》を作ったけど実際はしかめっ面《つら》みたいになった。っていうのも、母さんはナチョスが嫌《きら》いだから。でも、あとの三人は大好物なのだ。エンツォとよく、マンマにどれだけおろしたチーズをかけてもらえるかで競争する。

朝食のあと、宿題に取りかかった。エンツォはせっせと自分の部屋を片づけてる。それだけでも、エンツォがどれだけ変わってるかわかる。だって、部屋の片づけを楽しんでやるやつなんてこの世にいる？　ま、一応言っとくと、部屋の片づけを口実に、アクションフィギュア（映画や漫画《まんが》などのキャラクター人形）を「イケてる順」に並べてるだけだと思うけど。

数学の問題は数分で終わってしまった。たいして難しくなかったけど、マクリーディ先生は、来週から「もっと能力が試《ため》されるようになる」って言っていた。ぜんぜんいい予感はしないし、せめてマクリーディ先生が金曜日のささやかな反抗《はんこう》のことを忘れてくれるまでは、先生の授業はちゃんとやったほうがいいのもわかってる。スペイン語でも、新しい単語を二〇個覚えなきゃならなかったけど、金曜日の昼休みにメイジーが新しい友だちとしゃべるのに夢中になってるあいだに、やってしまっていた。

いちばん大きな宿題は、最後まで残してあった。英作文の先生が、みんなのことを知りたいし、みんなにもお互《たが》いのことをいろいろ学んでよく知ってほしいからと言って、自己紹介《しょうかい》の作文を宿題に出したのだ。自分の好きなものや嫌《きら》いなもの、家族のこと、それから「自分にとって大切なこと」などを書いてくるように、と先生は言った。むかしから文章を書くのは大好きだ。本当は、退屈《たいくつ》な現実の生活よりも、自分で一から創《つく》った話のほうが好きだけど（海賊《かいぞく》とかモンスター！あと、海賊《かいぞく》のモンスターとか！）。でも、この宿題にはかなり気合いが入ってた。マンマが紅茶を持ってきてくれたけど、書くのに夢中になって、飲むのを忘れたくらいだ。

書き終わったものを読み直して、われながらうまく書けたと思った。おもしろいのは、文章を書いたことで、いろんな悩《なや》みが少し軽くなったような気がしたことだ。もしかしたらバンクリッジ中学はそんなにひどいところじゃないかもしれない。それに、もしいまいちだったとしても、学校以外のことは、ほとんどうまくいってるんだから。

10

でも、そんな取ってつけたようなプラス思考が続いたのは、月曜のきっかり一〇時一三分までだった。結局のところ、日曜日はそう悪くはなかった。エンツォといっしょに庭で「スパイ対宇宙人」ゲームをしたときも、宇宙人役をやらされたけど（っていうか、このゲームをするときは、いつも宇宙人役）、それはそれでよかった。宇宙人なら、脳みそ吸引レーザー銃《じゅう》でエンツォの脳みそを吸い取ってやれるし。

夜は、大量のナチョスを食べながら、『インディ・ジョーンズ・魔宮《まきゅう》の伝説』を観《み》た（この三ヶ月で三回目）。だから、寝《ね》るときには、かなり気分が良くなっていた。もっとバンクリッジになじめるよう、がんばるつもりだったし、メイジーが本当にそうしたいなら、新しい友だちだって作ろうと思った。そして、それよりなにより、スカートのことも気にしないようにしようって決意した。それが無理でも、せめて三秒に一回そのことを考えるのはやめよう。で、もし考えたとしても、これはスカートじゃなくてキルトで、スコットランドの戦士になったつもりになろう。笑ってくるやつの頭を切り落とすつもりで。

月曜の朝、ジェイコブはまた先にきていた。週末は、お母さんがお風呂場《ふろば》にペンキを塗《ぬ》るのを手伝ったらしい、顔にほとんど見えないくらい小さなペンキの跳《は》ねがついてたので、そう言うと、ジェイコブは気にするようすもなく笑った。

「洗えば落ちると思うよ」って言ったら、

「洗う？　うーん、たしかにそういう言葉は聞いたことがあるけど、よく知らないなあ」ってにやりと笑うと、いすに寄りかかって頭のうしろで手を組んだ。だから、言ってやった。

「いいですか、まず水を用意します。お湯のほうがいいけど、水でも大丈夫《だいじょうぶ》。それから、石けんかボディソープをお湯に混ぜます。すると、あら、ふしぎ！」

二人でゲラゲラ笑ったら、ちょっと声が大きすぎたみたいで、ジェイドがこっちを見て、にらみつけてきた。でも、ジェイコブと目が合うと、にっこり笑った。〇・二秒で怖《こわ》い顔から笑顔《えがお》に変われるなんて、それはそれでかなりの技術かも。

英作文の時間、エクルズ先生は月曜の朝にしてはちょっと元気すぎだろうって感じの弾《はず》むような足取りで教室に入ってきた。「さてと」先生は手をたたいて、言った。「クラスのみんなのことを知ろうじゃないか！　まずはわたしからだな」

かなり変わってる。だって、ふつう、先生が宿題をやってくるなんて、だれも思わないし。まあ、ふたを開けてみたら、本当に宿題をやってきたわけじゃなかった。自分のことを、口頭で説明してくれたんだ。生まれたのはカリフォルニア州で、三人兄弟の末っ子。家族にはBBって呼ばれてる。なぜかっていうと、ベビーベアの頭文字《かしらもじ》を取ったんだって聞いて、クラスじゅうが大笑いした。赤ちゃんグマなんて！　さらに、先生が「だから、きみたちもBB先生って呼んでいいよ」って言ったから、みんなはますます笑った。プリンクとプロンクっていうモルモットを飼ってて、アミラっていう名前の婚約者《こんやくしゃ》がいる。学校で教えるのは、先生にとってはとても大切なことで、世界一の仕事だと思ってる。

この点についてひと言言わせてもらえば、お金をもらえる仕事では、テレビゲームのテスターがいちばんに決まってる。ゲームの試作品をテストする仕事。だれも教えてくれなかったんだろうな。

それから、今度は生徒がアルファベット順で発表をした。一人ずつ、教室の前へ出ていって、作文を読まなきゃならない。ジェイコブが最初だった。ジェイコブのお母さんはフェミニズムを研究してて、地元の大学で教えているらしい。お父さんは地元の新聞のカメラマンで、クロエっていうお姉さんがいて、ボブっていう犬を飼ってる。それから、絵を描《か》くのが好きだってことも、知った。

読み終わって、となりの席にもどってきたジェイコブに、小さな声でたずねた。「ジェイコブんちの犬、ボブっていうんだ？」

「犬にぴったりの最高の名前だろ。うらやましいだろ」

思わず鼻で笑っちゃって、咳《せき》でごまかそうとした（うまくいかなかったけど）。

そうやってみんな順番に、自分のことについて発表していった。ジェイドは、自分にとって大切なのは「自分より不幸な人」を助けることだって言った（だろうね）。マリオンの声は、だれにも聞き取れないくらい小さかったけど、エクルズ先生はなにも言わなかった。エクルズ先生って、けっこうクールかも。

メイジーは発表してるあいだじゅう、顔が真っ赤だった。手に持ってるノートが震《ふる》えてるのがわかる。ものすごい早口で読んだから、メイジーがなんて言ったか、よく理解する間もなく終わってしまった。メイジーは走るように席へもどると、すぐさま腰《こし》を下ろした。

とうとう自分の番がきた。一応ノートは持っていったけど、内容は暗記していた。まず、犬を飼っていて、ビーチまで散歩に連れていくのが好きだってところから始めた。名前はガリバルディだって言ってから、ジェイコブの表情を見たくてちらりと目をやると、大笑いしていた。たまたまジェイドも目に入っちゃったんだけど、腕《うで》を組んで、いかにも退屈《たいくつ》、ってふりをしてた。

それから、エンツォのことを話し、たいていの場合はいい弟だと言った。〈モンティーズ〉とダンテのことも紹介《しょうかい》して、新しいチーズの試食をさせてもらえることも言った。

「自分にとって大切なものは、ふたつあります。二人、と言ったほうがいいかもしれません。お母さんたちです。二人とも、お店で忙《いそが》しいし、マンマは一週間にふた晩、ボランティアをしていますが、それでも子どものために時間を作ってくれます。悲しいときは楽しい気持ちにさせてくれるし、怒《おこ》っているときは笑わせてくれます。ガリバルディに白いペンキでストライプを描《か》いてシマウマみたいにしようとしたときも、叱《しか》ったりしませんでした。

うちのお母さんたちは世界一です。二人がいて、本当に幸せだと思っています。お母さんたちも、リヴという子どもがいて、幸せだと思ってくれているといいと思います」

やった。大成功。一度もノートを見ずに、言いたいことをぜんぶ言うことができた。エクルズ先生はにこにこほほえんでいる。「リヴ、ありがとう。すばらしかったよ」

そのときだった。自分が大きなまちがいを犯《おか》したって気づいたのは。かん高い声が――そう、意地の悪い、悪意たっぷりの声が響《ひび》いた。「お母さんが二人だって！　気持ち悪っ！」

席へもどるあいだ、何人かの子が笑った。エクルズ先生が声を荒《あら》らげて言った。「ジェイド、今すぐ教室を出なさい！」

でも、もう手遅《ておく》れだった。取り返しのつかないことをしてしまったのだ。

11

ジェイコブのとなりにすわって、目の前の机をじっと見つめた。机に穴が空いちゃうんじゃないかってくらい。視界の端《はし》にジェイドの靴《くつ》が見えた。ジェイドは横を通るときに小声で「超《ちょう》気持ち悪いし」って言い捨ててから、出口のほうへ歩いていった。

「さっさと出るんだ！」エクルズ先生が大きな声で言った。

みんながこっちを見てるのがわかる。ひとつのことしか考えられない。泣・く・な。これまで生きてきて、こんなに必死で念じたことはないくらい。

エクルズ先生は、みんなに静かにしているように言い残してジェイドと話をするために廊下《ろうか》へ出ていった。もちろん、先生が出ていったとたん、みんな、しゃべりはじめた。机をじっと見つめたまま、時間のスピードが速くなるか、じゃなきゃ、自分以外の時間が止まるように願う。一時停止ボタンを押《お》して、みんなの動きを止められればいいのに。今、やってることの途中《とちゅう》で凍《こお》りついちゃえばいい（例えば、ウェイン・ガーヴェイだったら、鼻くそをほじって食べてる途中《とちゅう》で）。そしたら、席を立って、教室から抜《ぬ》け出して、学校を出て、家まで走って帰るのに。

ジェイコブはとなりでせっせとなにか描《か》いてる。そのうち、エクルズ先生がもどってきた。先生は、ジェイドが言ったことは許されないことだから校長室へいってもらった、と言った。それから、家族にはいろいろな形があって、リヴが自分の経験をクラスのみんなに話してくれたことに感謝すべきだとも。それを聞きながら、ますますいすに深く沈《しず》みこんだ。先生に黙《だま》ってほしかった。どうしてまたみんなの関心を蒸《む》し返すようなことを言うんだろう？　先生が黙《だま》ってくれさえすれば、みんな忘れるのに。

しばらくしてやっと、先生は話を終わりにした。また発表にもどり、みんな、一人ずつ立ちあがっては自己紹介《しょうかい》して、自分にとって大切なものの話をした。ひとつの言葉がくり返し登場した。「お父さん」。

もちろん、ほかにもお父さんのいない子はいた。四年前にお父さんが亡《な》くなった女の子がいたし、カイル・ウォルターズは、お父さんの顔を知らないって言った。けど、そんなに気にしてないみたいだった。でも、たとえいっしょに暮らしてないにしても、ほとんどの子にお父さんがいた。もちろん、いるに決まってる。そんなことは、もともとわかっていた。小学校のときだってそうだったんだから。でも、そのころはあまり問題にならなかった。だれもそんなことはたいして気にしなかったし、メイジーみたいに気にする子も、むしろちょっとうらやましがっていた。その子たちのお父さんがひどい人とか、そういうんじゃなくて、お母さんが二人いるのは、どう考えたって最高のことだったから。

思いきってメイジーのほうをちらりと見たけど、にっこりしてくれるどころか、目が合ったとたんそっぽを向かれてしまった。

ベルが鳴る直前、ジェイコブが机越《ご》しにノートをこっちへ押《お》しやった。今度の絵もめちゃくちゃうまくて、最悪な気分だったのに、思わず声を出して笑ってしまった。

ジェイコブが描《か》いたのはジェイドの絵だった。とんがった黒いマスクとマントを着けた悪役だ。服の胸のところに、「ＭＧ」っていう文字がくっきりと描《えが》かれてる。口から吹《ふ》き出しが出ていて、せりふが書かれていた。「Ｍ《ミーン》・Ｇ《ガール》の力の前に、世界はひれ伏《ふ》すのよ！　あたしは世界一の意地悪《ミーン》、ミーン・ガール！　ほーっほっほっほっほ」

「これ、もらっていい？」

「部屋のドアにはって、ダーツの的にしたら？」ジェイコブはそう言いながら、絵を描《か》いたページを破って差し出した。

ベルが鳴って、荷物をまとめていると、ジェイコブが言った。「あいつ、あんなこと、言うべきじゃない。ジェイドのことだよ」

別にたいしたことじゃないって感じで、肩《かた》をすくめてみせた。この一〇分間、泣かないようにがんばったりしてなかったって感じで。「別に平気だよ。ジェイドがどう思ってるかなんて、気にしないから」

ジェイコブはなにも言わなかったけど、顔を見れば、信じてないのがわかった。

せいいっぱい急いでカバンに荷物を入れた。「じゃあね」

そして、ふり返ってメイジーを探したけど、もういなかった。いちばんの親友は、いてほしいときに姿を消すのがうまくなってる。

休み時間は外で過ごした。ジェイドがひどい目にあうところをあれこれ想像しながら、学校を三周した。髪《かみ》の毛が茹《ゆ》ですぎたスパゲティみたいになるとか、どこへいってもはだしでレゴの上を歩くはめになるとか。

おかげで泣かなかった。自分で自分を誉《ほ》めてあげたかった。

昼休みまで、メイジーとはぜんぜんしゃべれなかった。歴史の授業の途中《とちゅう》で、ジェイドが教室にもどってきて怖《こわ》い目でにらみつけてきたときも、気づかないふりをしたし、みんながヒソヒソ話してるのも、聞かないようにした。なんて言ってるか聞こえなくても、自分のことが話題になってるときはわかる。第六感みたいなものだ。

メイジーとランチの列に並んで、カウンターにのせたトレイをすべらせながら進んでいった。どれも食欲はそそられなかったけど、ラザーニャを取った（あとで、失敗だったってわかった。マンマのラザーニャは世界一だけど、これはトップ１０００にだって入れない）。

「大丈夫《だいじょうぶ》？」メイジーが小さい声できいた。

今ごろ？　ずっと、いつきいてくるかと思ってたのだ。

「まあね」自分で自分の答えにおどろいた。そんなふうに答えるつもりはなかったのに。口からうそが飛びだしてしまった。メイジーにだいじなことでうそをついたことは一度もなかったのに（えっと、例の秘密について黙《だま》ってるのは、うそには入らない。それは、うそとはぜんぜんちがう）。

メイジーに、もう一度きいてほしかった。だって、うそだってことはすぐわかるはずだから。だけど、メイジーはきかなかった。「良かった」とだけ言って、果物のコーナーからバナナを取った。うしろから声がした。

「メイジー、わたしだったら、そいつに近づかないけどね……伝染するかもしれないから」もちろん、ジェイドだった。

ふり返ると、ジェイドはトレイすら持ってなかった。それを言うためだけに、わざわざこっちまできたんだ。チェルシアがはりついてるみたいにぴったり横に立ってる。

「伝染するってなにが？」わざとにっこりほほえんで、きいてやった。

でも、ジェイドはにこりともせずに目をぐっと細めた。「なんのことか、わかってるくせに」

「わからないけど？」

ジェイドはわざとらしく「オエッ」って顔をして見せて、さっと髪《かみ》をうしろに払《はら》った。「ま、なんだっていいけど」

メイジーが、ずるずると先に進んでいったのに気づいた。

ジェイドとチェルシアのところに独《ひと》り、取り残されたわけ。

そしたら、ジェイドが顔を寄せてささやいた。「あんたのせいで叱《しか》られたこと、忘れないから。居残り二回よ、ぜんぶあんたのせいでね」

思わず、心底うれしそうな笑《え》みを浮《う》かべてしまった。「それは、お気の毒に」

ジェイドが殴《なぐ》りたそうな顔でこっちを見たので、ますますにやにやする。

そしたら、ジェイドがいきなり肘《ひじ》を突《つ》き出して、トレイを引っくり返した。ラザーニャがべちゃっと床《ゆか》に飛び散る。みんなが笑った。手をたたいて笑ってる子までいる。

「わあ、がさつねえ」ジェイドはそう言うと、こっちが言い返す前に歩いていってしまった。

深く息を吸いこむ。**落ち着け。追いかけるな。突《つ》き飛ばして、あの顔をラザーニャに押《お》しつけたりするな。**

そんなことで面倒《めんどう》に巻きこまれたら、母さんとマンマに殺される。例の「事件」以来、癇癪《かんしゃく》を起こさないようにがんばってきた。歯をぐっと食いしばる。歯が砕《くだ》けて、ラザーニャの上にばらまかれるんじゃないかって思ったくらい。歯ごたえたっぷりの、おろしたパルメザンチーズみたいに。

カフェテリアのおばさんがモップとバケツを持ってきて、掃除《そうじ》を始めた。手伝いますって言ったけど、追いはらわれたので、列にもどると、別のおばさんが気の毒そうな笑《え》みを浮《う》かべて新しいラザーニャのお皿をわたしてくれた。たぶん、しょっちゅうこういうことを目にしてるんだと思う。中学って残酷《ざんこく》なところだから。

やっとメイジーのとなりにすわったころには、まわりの笑い声やささやき声もおさまっていた。べちゃべちゃしたチーズ味のラザーニャを食べはじめたけど、噛《か》んでも噛《か》んでも飲みこめない。のどでハリネズミの赤《あか》ん坊《ぼう》が冬眠《とうみん》してるみたい。お母さんが二人いるだけでこんなことをされるなら、もし例の秘密を知られたら、なにをされるだろう？　でも、トランスジェンダーだってわかったとしても、ジェイドにはちゃんとした意味は理解できないんじゃないかって気がした。ズボンをはきたがるだけでへんだと思うんだから、トランスジェンダーについて理解するなんて無理に決まってる。お母さんが二人いるせいだとか、バカなことを言いだすかもしれない。

そのあと、昼休みのあいだ、メイジーはろくに話しかけてもこなかった。あの「事件」のあと、かばってくれた女の子と同一人物とは思えない。たった数ヶ月でどうしてこんなに変わっちゃうわけ？

12

というわけで、「事件」について。おおざっぱにまとめたショート・バージョンで。

事件が起こったのは、学期の最終日。ううん、学期だけじゃなくて、小学校の最終日。それを、同級生の顔を殴《なぐ》ってだいなしにした。殴《なぐ》られたほうにそれだけの理由があった、なんてことは、みんなどうでもいいみたいだった。メイジーは一生懸命《いっしょうけんめい》説明しようとしてくれた。ディラン先生とトレウェリン先生に、ダニー・バーバーはずっとメイジーのことを追いかけ回して、「さよならのキス」をしろってからかいつづけてたってことも言った。できるかぎりダニーを避《さ》けて、ほっといてくれるように（くり返し）頼《たの》んだってことも、なのに聞き入れてもらえなかったってことも。で、ダニーは昼休みの終わりに、唇《くちびる》をとがらせてメイジーに飛びかかった。だから、殴《なぐ》ってやったのだ。

そうするしかなかった。だけど、マンマにも母さんにもそれがわからないみたいだった。トレウェリン先生から連絡《れんらく》がきて、学校に迎《むか》えにきた母さんは言った。「殴《なぐ》るしかない、いなんてことはないよ、リヴ。こういうことには、いつだってもっといい解決法があるの」

母さんが言いたいのは「話し合い」ってことだと思うけど、話し合いなんかじゃ、ダニー・バーバーのぶっといよだれまみれの唇《くちびる》がメイジーの唇《くちびる》にくっつくのを止められっこなかった。

トレウェリン先生は、ふだんなら、二日の停学になるところだと言った。だから、終業式の日だったことを「運が良かった」と思えって。そして、マンマと母さんに、怒《いか》りをコントロールする方法について相談できる人を探すようにアドバイスした。先生がそう言うのを聞いて、思わず横から「怒《いか》りのコントロールなんて、必要ない！」ってどなったのは、よけいマイナスに働いたと思う。

その夜、マンマと母さんが相談してるのを聞いてしまった。「聞いてしまった」っていうのは、もちろん立ち聞きしたって意味。母さんたちは、とっくに寝《ね》てると思ってたみたいだけど、眠《ねむ》れるはずがない。腹が立って、眠《ねむ》るどころじゃなかった。

「リヴと話さないと」母さんが言った。

「もう話したじゃない」マンマが言った。

「けんかのことじゃなくって」あれをけんかっていうわけ？　それって正確じゃないよね？

「あの子もこれから思春期でしょ」思春期？　思わず顔をしかめた。それとこれと、どういう関係があるわけ？

マンマは大きくため息をついた。「まだはっきりしたわけじゃないのよ……もしまちがってたら、どうするの？」マンマの声がかすれた。泣くのをがまんしてるみたいに。

「本当にまちがいかもしれないって思ってる？」母さんが言った。いつもよりも落ち着いたやさしい声で。

「もうどう考えたらいいのか、わからないのよ」そして、マンマは泣きだした。マンマに抱《だ》きついて、ごめんなさいって言いたかった。心配する必要はないから、って。でも、立ち聞きしてたのを知られたくなかったから、そっと二階へあがって、ベッドにもどった。

そのあと、はっと気づいたのは、午前三時くらいだったと思う。どうして母さんたちが思春期のことなんて持ち出したのか、理由がわかったのだ。なんてバカだったんだろう？　二人とも、わかってるんだ。例の秘密のことを。少なくとも、わかってると思ってるんだ。そして、そのことを考えるだけで、つまり、そうかもしれないって思うだけで、マンマは泣いてしまった。決めたのはそのときだった。このことは、自分の心にしまっておかなきゃならないって。マンマを泣かせるようなことは、絶対したくないから。

事件のせいで家に帰るはめになったことを、メイジーは「あたしのせいだ」って言って自分を責めつづけた。いくらそんなことはないって言っても、だめだった。休みに入った最初の日、メイジーは特別に焼いたカップケーキを持ってきてくれた。ひとつひとつにアイシングで文字が書いてあって、並べると、「ベスト・フレンド」って言葉になるやつ。本当はまだ外出禁止で、友だちとも遊んじゃいけないことになってたけど、マンマは特別にメイジーを家にあげて、紅茶を淹《い》れてくれた。

メイジーは、助けてくれてありがとうって言って、ダニー・バーバーが鼻血を止めるために鼻の穴に綿《わた》を詰《つ》めてたことを話してくれた。すごいマヌケ面《づら》だったんだから、ってクスクス笑いながら。そして、小学校最後の日がだいなしになってしまったことを謝った。

帰る前、メイジーはこう言った「必ず恩返しするからね」って。親友は、そう約束したのだ。

これじゃ、ぜんぜんショート・バージョンじゃないかも。とにかく、カフェテリアでみんなの前でバカにされても、ジェイドになにもしなかったのは、それが理由。もし手を出せば、どうなるかってことくらい、わかってる。毎週カウンセリングにいかされて、怒《いか》りをコントロールするための心理療法《りょうほう》を受けたり、めんどくさい質問に答えたりしなきゃならない。なにより最悪なのは、マンマを泣かせることになるってこと。しかも、母親が二人いることでからかわれてるのを知ったら、母さんとマンマを傷つけてしまう。

とにかくなにが言いたいかっていうと、メイジーはあのとき約束したし、さっきこそ、まさに約束を果たすときだったってこと。ジェイドにひと言、黙《だま》れって言うだけでよかったのだ。別にメイジーにだれかを殴《なぐ》ってほしいなんて思ってない。ただ、正しいことをしてほしいだけ。なのに、メイジーは約束を破った。そのせいで二人の友情もほんの少し損《そこ》なわれたように思えてならなかった。

13

計画では、なるべく目立たないように過ごして、ジェイドがぜんぶ忘れてくれるのを待つつもりだった。

でも、そううまくは運ばなかった。

例1：英作文の授業で本を読んでいて、エクルズ先生が本に出てくるお父さんについて質問した。めずらしく答えがわかったから、手を挙げた。

まあ、ジェイドがなにか言ってくるってくらいは、想定内だとは思う。「なにがわかるわけ？父親なんていないくせに」

エクルズ先生は聞こえなかったみたいだけど、笑い声には気づいて、笑い声がやむまでジェイドのほうをにらみつけていた。

例2：教室の机に、ひどいいたずら書きをされた。内容については思い出すのも嫌《いや》だから、不《ふ》愉快《ゆかい》で悪意に満ちていたとだけ言っておく。別に名探偵《めいたんてい》じゃなくても犯人はわかったし、そもそも教室に入ったとき、その犯人は机のところにいて、こっちを見てさもうれしそうに笑った。だから、反応しないことにした。ぜったい満足なんてさせてやらない。黙《だま》ってすわって、落書きの上に筆箱を置いた。おかげで本当に忘れる一歩手前までいったんだけど、ジェイコブが定規を貸してって言って、返事をする前に筆箱をつかんだ。

ジェイコブはまたすぐにぴったり元の場所に筆箱をもどして、きいた。「だれがやったんだ？」

「はい、クイズには三回まで答えられます。ま、一回で当たると思うけど」

ジェイコブのあごにぐっと力が入った。「マクリーディ先生に言えよ」

「無理だよ。ますますひどくなるだけだし」

ジェイコブはため息をついたけど、反論はしなかった。「おれからジェイドに話してほしい？」

「さっきの返事を参考にして」笑おうとしたけど、唇《くちびる》が震《ふる》えてしまった。世界一最悪なのは、泣くまいとしてるときに、だれかに親切にされることだ。今だけは、となりがジェイコブじゃなくてジェイドのほうが良かったかも。

「あいつはほんとにどうしようもないよ。おまえもわかってるよな？」ジェイコブは言って、うしろを向くと、ジェイドをにらみつけた。ジェイドは数秒後に気づいて、顔をあげてほほえんだけど、ジェイコブが怒《おこ》ってるのに気づくと、さっと顔色が変わった。そして、こっちをちらっと見て、次にまたジェイコブを見て、それとこれとを足し算して事情を察したらしい（ジェイドにしては、よくやったって感じ。なにしろ、このリヴ・スパークよりも数学が苦手だから）。頬《ほほ》がカアッと赤くなって、ぷいっと横を向いてしまった。

黒板のほうに向き直りながら、考えた。ジェイコブがいっしょに怒《おこ》ってくれたのが迷惑《めいわく》なのかうれしいのか、自分でもよくわからない。ジェイドに、ジェイコブに言いつけたと思われたらどうしよう。でも、よく考えたら、ジェイドとのあいだはこれ以上悪くなりようがないってことに気づいた。

今度のパーティは、今年いちばんのパーティになる。みんながそう言ってる。でも、そのパーティに呼ばれる可能性はゼロ。パーティを開くのがだれか考えれば、当然だけど。だって、開くのはチェルシア・ファローで、ジェイドの大親友だから。

うちのクラスでもう一人、ぜったい呼ばれてない子がいる。マリオン・メルツァーだ。マリオンが気にしてるとは思えない。だって、パーティにいくようなタイプじゃない。マリオンはみんなに「メルツァーネズミ」って呼ばれるようになっていた。思いついたのは、もちろんジェイド。正直、そんなあだ名しか思いつかないなんて、どうかって思うくらい想像力に欠けてるけど。

パーティまであと数日ってとき、カフェテリアでメイジーとすわってたら、チェルシアとジェイドがきてうしろに立った。

「で、メイジーもくるよね？」チェルシアはいきなりメイジーに話しかけた。「話の途中《とちゅう》にごめん」とか「ちょっといい？」とすら言わなかった。

そのときちょうど、この地域で女子がズボンをはけないのは、バンクリッジだけだって話をしてるところだった。メイジーはヨーグルトをスプーンでかき混ぜながらぼんやりと宙を見つめていて、話半分にしか聞いてないのはわかってた。ちょうどメイジーが「でも、スカートのほうがかわいいじゃない？」って言ったときに、チェルシアとジェイドがきた。

だから、話に割りこんできたのが別の人だったら、むしろほっとしたかもしれない。先生にシャツのすそが出てるって叱《しか》られるほうが、マシだってくらいだったから。

メイジーと同時に顔をあげた。すると、チェルシアはもう一度同じ質問を、さっきよりも大きな声でくり返した。

「うーんと……」メイジーはちらっとこっちを見てから、チェルシアとジェイドのほうを見あげた。

「どうすんの？」ジェイドは腕《うで》を組んだ。「こっちも暇《ひま》じゃないのよ。返事は金曜までってことだったでしょ。招待状のいちばん下に大きく書いてあったはずだけど。チェルシアのママは、今日までに最終的な人数を知りたいのよ。ケータリング（できあがった料理を自宅などに配送するサービス）の会社に連絡《れんらく》しなきゃならないから」

チェルシアとジェイドは、メイジーしかいないみたいにふるまってたけど、わざとここできいてるのはみえみえだった。こっちに見せつけるためにやってるに決まってる。体育のあと更衣室《こういしつ》で悪口を言われてから、もう四日も経《た》ってたし。

だから、プリンに専念して、もう一〇〇回は自分に言い聞かせてることをくり返した。無視するのがいちばん。いじめる側がなにより嫌《いや》がることがあるとすれば、無視されることだから。こっちからなにかしらの反応を引き出したいだけなのだ。だから、なんの反応もないのは、耐《た》えられない。って言ったって、もちろん、実行するのはそうとう難しかった。特にちょっと怒《おこ》りっぽい性格の場合は。

「えっと……うん……あたし……」

ジェイドはハアッと大きなため息をついた。頭のうしろに、ジェイドの息がかかったのを感じたくらい。「すごく単純な質問だと思うけど。パーティにくるの？　こないの？」

今では、何人かの子たちがこっちに耳を傾《かたむ》けていた。だから、メイジーが断ったときのインパクトがさらに増すはず。

「うん、その、つまり、いくわ。ありがとう。楽しみにしてるね」

え、なにそれ?!

14

裏切り者。ジェイドとチェルシアがゆうゆうと去っていったあと、そう言ってメイジーを責めた。どう見たって、二人ともメイジーがきてもこなくてもどうでもいいと思ってるのは明らかなのに。メイジーは、裏切り者って言われて納得《なっとく》できないみたいだった。メイジーはすぐにかっとなったりしない。どっちかって言うと、怒《おこ》るよりは泣く。でも、今回はちがった。目を怒《いか》らせ、唇《くちびる》をキュッと引きむすんだ。「リヴが呼ばれなかったのは、あたしのせいじゃないわよ」

深呼吸して、リヴ。だいじなのは論理と分別。それが正しい方法。「メイジーのせいなんて、言ってない。だけど、あの二人がなにをしようとしてるか、わかんないわけ？　こっちに対抗《たいこう》して、みんなを味方につけようとしてんだよ」

「別にリヴのことなんて関係ないわよ」

「なら、どうしてほかの子は全員呼ぶわけ？　あ、そうか、あと、マリオン・メルツァーも呼ばれてないけどね、もちろん。だいたいどうしてあんなパーティにいきたいんだよ？　チェルシアとジェイドなんて、最低のやつらじゃん」

「クラスで人気がある二人よ」

「だから？　あの二人がちやほやされてるのは、怖《こわ》がられてるからだよ。二人っていうか、ジェイドがね。だいたいいつから、人気なんかにこだわるようになったわけ？」

メイジーはさっといすを引いた。いすの脚《あし》が床《ゆか》にすれて、キィィと音を立てた。「いい、リヴがパーティに呼ばれなかったのは、気の毒だと思ってるわよ。でも、もっとみんなに溶《と》けこむように努力してたら、少しは好かれてたんじゃないの？」

「どういう意味だよ？」

メイジーは腹立たしげにため息をついた。「知らないわよ！　ズボンをはいてくるような目立つことをしたり……リヴってほんとに……どうしてみんなと同じようにできないのよ？」

それを聞いて、なにも言えなくなった。メイジーをじっと見つめて、大好きだった親友のおもかげを探す。いつからそんなふうに思ってたんだろう？

メイジーはトレイを持つと、鼻の穴から思いきり息を吸いこんだ。「思ったんだけど……

そう……あたしたち、少しいっしょにいる時間をへらしたほうがいいんじゃないかな」

「だって、親友なのに？」

メイジーは肩《かた》をすくめた。突《つ》っ立ったまま、じっとこっちを見下ろしてる。そのとき生まれて初めて、メイジーは文字どおり見くだしてるんだって気づいた。これって、こっちから言わせようとしてるってこと？「もう親友でいるのは嫌《いや》って意味？」

メイジーはトレイをじっと見たまま、うなずいた。トレイが小刻みに震《ふる》えてる。ヨーグルトのカップが倒《たお》れて、スプーンが床《ゆか》に落ちた。でも、メイジーは拾わずにそのままいってしまった。

かがんで、スプーンを拾い、自分のトレイに置いた。今の会話を聞かれてたかどうか、気になってまわりを見まわしたけど、みんなは、ジェイドとチェルシアが向こうへいった時点で興味を失っていた。

ぼーっと宙を見つめて、今、起ったことを理解しようとした。たった一人の親友に縁《えん》を切ろうって言いわたされたんだ。たかがくだらないパーティのせいで。だけど、本当のところはそうじゃないのかもしれない。メイジーはその場の思い付きでなにかを決めたりしない。可能なかぎりあらゆる角度から考えてから、決断を下すタイプなんだ。ってことは、今回のことについても、ずっと前から考えていたのかもしれない。そして、言う勇気をかき集めてたのかもしれない。チェルシアとジェイドのことは、ただのきっかけだったのかも。

メイジーとは六年前からの友だちだ。人生の半分を、いっしょに過ごしてたことになる。メイジーがいない人生は、どんなふうになるんだろう？　想像することすらできない。

例の秘密のことを話してたらどうなっただろうと思ったら、いても立ってもいられなくなった。口を閉じてるだけの分別を持ちあわせていて、本当によかった。たった独《ひと》りで、まわりはだれもこっちに関心なんかなくて、そんなときそれだけが唯一《ゆいいつ》のなぐさめだった。

どっちにしろ、メイジーなんてもう必要ない。親友なんて、たいして役にも立たないで、面倒《めんどう》なだけ。

むかしから自分をだますのが得意だった。

「今日は、メイジーがくるんじゃなかったっけ？」マンマはカイエンヌペッパーの瓶《びん》のふたを開けながらきいた。そして、コンロの上でブクブク煮立《にた》っているチリソースに中身をふり入れた。

腕《うで》時計を見る。もうすぐ六時だ。メイジーは今ごろ、チェルシアのパーティへ向かってるだろう。「ん？」ガリバルディの耳をこするのに忙《いそが》しくて、聞こえないふりをした。

「メイジーがくる予定じゃなかったかって言ったのよ」マンマはチリをかき混ぜながらくり返した（いつも時計回りにかき混ぜてる。マンマいわく、時計回りのほうが美味《おい》しくなるらしい）。

ガリバルディはお腹《なか》をかいてほしくて、仰向《あおむ》けに寝《ね》っころがった。手が届かないので、つま先でくすぐってやる。すると、ガリは「まさかそれでお腹《なか》をこすってることにするつもりじゃないですよね？」って顔でこっちを見あげた。

「リヴ、きいてるのよ！」

そのとき、玄関《げんかん》のベルが鳴って、ガリバルディがどうかなったみたいに吠《ほ》えはじめた。尻尾《しっぽ》をどこかへすっとんでいきそうな勢いでふっている。「出るからいいよ！」って叫《さけ》んで、キッチンを飛び出した。エンツォがダダダダダと階段を駆《か》けおりてくる。いつもやってる「どっちが先に玄《げん》関《かん》に出るか」競争だ。点数もつけてる。点数ではエンツォが勝ってたけど、それは、ふだんから部屋で待ち伏《ぶ》せして、門の開くギィという音に耳を澄《す》ませているからだ。今回もエンツォが先に着いて、玄関《げんかん》のドアにバンと手を突《つ》いた。ドアの向こう側から「まあまあ！」っていう声がした。開けると、フランシスおばあちゃんが、心臓が心配だって感じで胸に手を当てて立っていた。

「二人とも、あたしを殺す前にバカなことはやめておくれ」

「ごめんなさい、おばあちゃん」二人同時に言う。

おばあちゃんにハグされてるあいだ、エンツォは勝利のダンスを踊《おど》って、口だけ動かして「おれの勝ち」って言った。ガリバルディもハグしてほしがったけど、おばあちゃんのほうはそんな気はさらさらなかった。「おすわり！　ほら、おすわりだよ！　よし、いい子だね。ほら、だめだよ！　おすわりだって！」

おばあちゃんはガリバルディに飛びかかられると、いつもそうやって迷惑《めいわく》そうなふりをしたけど、本当は喜んでるのは、ひと目でわかった。一度なんて、ガリバルディに仰向《あおむ》けに転がされたっていうのに。必ずおみやげに犬用ビスケットだって持ってくる。それって、ちょっとどうかと思うけど。だって、孫にはめったに持ってこないんだから。

キッチンへもどると、マンマが紅茶のためのお湯を沸《わ》かしていた。母さんはあと三〇分くらいしないと帰ってこないから、夕食までお腹《なか》がもつようにエンツォと二人でポップコーンの袋《ふくろ》を開けていいことになった。

おばあちゃんがきたことで、マンマはメイジーのことを忘れただろうってふつう思うよね？

でも、そうじゃなかった。マンマはまた同じ質問をした。三回も無視することはできない。

「メイジーとはもう友だちじゃないんだ」別になんでもないって感じで言えたと思った。ちっとも気にしてないって感じで。でも、みんなの反応は、メイジーがペンギンのゾンビ集団にむさぼり食われたとでもいったみたいだった。エンツォさえ、ポップコーンを口に詰《つ》めこむのをやめたほどだ。まあ、一秒くらいだけど。

マンマはチリのお鍋《なべ》にふたをすると、おばあちゃんのとなりにすわった。「なにがあったの？」

答えないでいると、マンマはそっと手を握《にぎ》ってきた。「トポリーノ？」疲《つか》れてるときや、悲しいときや、病気のとき、マンマはいつもそう呼んでくれる。イタリア語で「赤ちゃんネズミ」っていう意味だ。手を引っこめて、ポップコーンをつかみとる。さらに、さりげなく肩《かた》まですくめてみせた。「少し距離《きょり》をおくことにしたって感じかな」

マンマはおばあちゃんと視線を交《か》わした。大人にそれをやられるのってすごく嫌《いや》だ。子どもを閉め出して、大人だけで秘密の会話を交《か》わしてる感じだから。「なるほどね。けんかしたとか？」

「ううん」うそをつくは簡単だった。たったひと言ですむ。

おばあちゃんは紅茶をすすった。「きっとまたすぐに仲直りするよ。あたしがあんたたちくらいだったころのことは、よく覚えてるよ。しょっちゅう友だちと、いろんなことでけんかしてたっけね。でも、すぐに仲直りしたよ」

エンツォはにんまりと笑って、キッチンのメッセージ・ボードの下に置いてある箱に突進《とっしん》した。そしてふたを開けると、おばあちゃんのほうに差し出した。「はい、罰金《ばっきん》！」

「今、なにか……？　ああ、そんなのずるいよ！」

マンマはにっこりした。「フランシス、ルールはルール！　自分で書いたんでしょ！」

「はいはい、わかったよ。あたしの財布《さいふ》はどこだね？」

ルールはシンプルだった。おばあちゃんは年寄りみたいなことを言ってはいけない。例えば、「あたしの若いころは」とか、「むかしは、こんなんじゃなかったよ」とか、もちろん、「あたしがあんたたちくらいだったころは……」も禁止だ。そもそも考えついたのは、おばあちゃんだった。あたしはまだおばあちゃんになるには若すぎるんだよ、っていつもぼやいてるからだ。

おばあちゃんは財布《さいふ》の中から一ドル札を探した。そのあいだ、エンツォは箱の中にいくらあるか、数えていた。「一四ドルだ……これで、一五ドルだよ！　リヴ、ぼくたち、大金持ちだ！」

そのあとはメイジーの話題は出ないまま、寝《ね》る時間になった。次に、口にしたのは、母さんだった。帰ってきてからこの時間までのあいだ、どこかの時点でマンマが伝えたにちがいない。母さんは毛布をしっかりたくしこんでくれた。もうこんなことをしてもらう年齢《ねんれい》じゃないって、何度も言ってるんだけど、母さんは聞き入れない。たぶん、本当はこうやって寝《ね》かしつけてもらうのが好きなことが、バレてるのかもしれない。これなしで眠《ねむ》れるかどうか、実は自信がない。

「メイジーとなにがあったか、話す気はある？　母さんには、どんなことでも話せるってわかってるよね？」母さんはそう言って、ベッドの端《はし》に腰《こし》かけた。

「話すようなことはないんだ」そう言って、なんとか笑《え》みを作ろうとする。

「リヴ……」この声なら、よく知ってる。うそをついてるのがバレてるときの声。

寝返《ねがえ》りを打って、母さんに背を向けた。「話したくない」

母さんの手がそっと肩《かた》に触《ふ》れた。「もしメイジーを怒《おこ》らせるようなことを言ったなら、いつだって謝れる。それは、わかってるよね？　謝るのに遅《おそ》すぎるなんてことはないよ」

そのひと言がとどめになった。癇癪《かんしゃく》が爆発《ばくはつ》し、ベッドから飛び出して、わめきたてた。「どうしてこっちがメイジーを怒《おこ》らせたと思うわけ？　どうして悪いのはぜんぶこっちなの？　もううんざり！」

母さんも立ちあがり、降参っていう感じで両手をあげた。「ごめんなさい、リヴ。そういう意味で言ったつもりはなかったの。だから……とにかく落ち着いて、話し合いましょう。そんなふうに――」

「そんなふうに、なに？　そんなふうに癇癪《かんしゃく》起こす必要はないって？　どうしてみんな、そればっかり言うわけ？　最低！」今じゃ、声をかぎりにどなってた。やめたかった。でも、できない。いったんこういうふうになると、自分じゃどうにもできなくなる。そうとしか思えない。自分で自分を抑《おさ》えられない。自分でも、それが怖《こわ》かった。

マンマが部屋に飛びこんできて、一対二になった。「シィイイ！　エンツォが起きちゃうわ！いったいなにがあったの？」マンマはきいたけど、二人とも答えずに、黙《だま》ったままにらみ合った。

「わかった、だれかさんはどうしてもハグが必要ってことね」そう言って、マンマはにっこりほほえんで両手を大きく広げた。いつもだったら、マンマの奥《おく》の手は効果抜群《ばつぐん》だ。ハグされながら怒《おこ》りつづけるのは難しいし、ハグしてくれるのがマンマだった場合、なおさらだ。マンマはとにかく温かい人だから。みんながそう言ってる。でも、今回は、そう簡単にその手には乗らなかった。

鼻息荒《あら》くベッドにもどると、頭から毛布をかぶった。「ハグはいらない。いいから……出ていって。二人とも」

なにも聞こえなくなったので、母さんとマンマがヒソヒソ話してるか、あきれて肩《かた》をすくめるかしてるんだろうって思った。母さんかマンマがこっちにきて毛布をはいで、態度が悪いって叱《しか》られるだろうって。でも、そうじゃなかった。母さんとマンマは黙《だま》って部屋を出て、電気を消すと、ドアを閉めた。マンマの「ゆっくりお休みなさい、トポリーノ」っていうささやきが、暗闇《くらやみ》の中に残った。

涙《なみだ》があふれ出た。今になって。

数分後、ガリバルディが部屋のドアをカリカリと引っかいた。ベッドから這《は》うように出て、ガリバルディを部屋に入れてやった。そして、ベッドに押《お》しあげ、ガリバルディを抱《だ》きしめて毛に顔を押《お》しつけて泣いた。ガリバルディは顔をぺろぺろ舐《な》めて、なぐさめてくれた。涙《なみだ》の味が好きなだけかもしれないけど。

なかなか眠《ねむ》れなかった。自分が恥《は》ずかしかったし、うしろめたさも感じていた。

みじめだった。でも、だからってどうして、よりにもよって自分のことを大切に思ってくれてる人に八つ当たりしたんだろう？　それに、今回のことすら母さんたちに言えないなら、どうやって例の秘密を打ち明けるわけ？

15

目が覚めて最初に思ったのは、「メイジーの言うとおりだ。もっとみんなと同じになれるようがんばるべきなんだ」ってことだった。

次に、こう思った。「そうじゃない。自分らしくなろうとするほうがいいんだ」

(正確に言えば、いちばん先に思ったのは、お手洗いにいきたい、だったけど、それじゃ、あまりにつまらない)

大げんかしたあとの朝は、コソコソつま先歩きしているような気になる。けんかを中断した時点にもどるのか、それとも何時間か眠《ねむ》ってるあいだにすべてが魔法《まほう》のように解決しているのか、どっちかよくわからないから。

運良く、その日曜日は睡眠《すいみん》がうまく働いてくれたようだった。みんな、なにもなかったみたいにふるまってる。母さんもマンマも、謝れとは言ってこなかったし、エンツォもやさしくしてくれたし、ガリバルディまでがいつもより行儀《ぎょうぎ》が良くて、朝食のあいだ、くさいおならを一回しかしなかった（まあ、言っとくと、その一回は有毒ガスの濃度《のうど》がいつもの三倍だったから、結局は、おなら三回分と変わらないっていうのがエンツォの意見だった。エンツォは、ガリバルディのガスのグラフをつけて、〈おなら濃度《のうど》グラフ〉って呼んでいた。一応、表向きは感心できないふりをしてたけど、本当はこのグラフはけっこう役立っていて、おかげで、食卓《しょくたく》の料理のうち、ガリにやらないほうがいい食べ物をチェックできた）。

昼食のとき、マンマの電話が鳴った。食卓《しょくたく》の上に置いてあったから、全員が、画面に表示された発信元を見てしまった。「マウリツィオ」。マンマは数秒間、電話を見つめてから、ガシッとつかむと、部屋から飛び出していった。母さんも同じことを考えてるような気がした――悪い知らせだって。ちなみに、まちがいなくエンツォはなにも考えてない。考えてるとしたら、だれも見てないうちに、最後のポテトをかっさらえるかどうかってことくらい。ガリは足元で幸せそうにうつらうつらしている。今、見ている夢以外のことはなにも気づいてないだろう。

マンマがもどってきたので、思わず息を止めた。マンマはまた電話を食卓《しょくたく》の上に置いて、ため息をついた。「容体は良くなってきてるらしいわ。少なくとも、食べてるって」

「良かったじゃない」母さんは立ちあがって、マンマの肩《かた》に腕《うで》を回した。

母さんにならって立ちあがり、マンマをハグする。

三人が席にもどったとき、最後のポテトが消えていた。


午後は自分の部屋で過ごした。母さんとマンマには、宿題があるからって言ったけど、本当はそれよりもずっと大切なことに取り組んでいた。バンクリッジ中学にズボン着用を認めさせるというミッションを果たすための作戦その二だ。作戦その一がマクリーディ先生に怒《おこ》られ、ジェイドに笑われて終わったからって、あきらめるつもりはなかった。

まず、ミッションに、名前をつけなければならない。極秘《ごくひ》作戦ノートのページのいちばん上に書く言葉がいるっていうのが、主な理由。

なかなか満足できる案が浮《う》かばなかったけど、二〇分後についに思いついた。

パンツ・プロジェクト

何時間もネットで調べて手に入るかぎりの証拠《しょうこ》を集め、ノートにメモしてから、今度はもっときれいな字で清書して、大切な箇所《かしょ》に緑の蛍光《けいこう》ペンで線を引いた。

作戦その二はごくシンプルだ。校長先生に直接訴《うった》える。母さんとマンマは電話をかけてくれるって言ってたし、頼《たの》めばぜったいやってくれるのはわかってる。でも、マンマのお父さんが大変なときに、そんなことで煩《わずら》わせたくなかった。それに、昨日の夜、あんな態度を取っちゃったし。

そこで、月曜日にリンチ校長に異議申し立てをすることにした。それでうまくいかなければ、作戦その三の出番だ。リンチ校長はちょっと怖《こわ》そうだけど、理屈《りくつ》のわかる人に見える。とがった鼻のせいかも。鉛筆削《えんぴつけず》りで削《けず》ったみたい。すごく背が高いせいもあって、銃《じゅう》で照準を合せるときみたいに、鼻先越《ご》しに人を見下ろすくせがあった。

リンチ校長についてもちゃんと調べてあった。成り行き任せにはしたくなかったのだ。結果、バンクリッジ中学に赴任《ふにん》してから、まだ一年ちょっとしか経《た》ってないことがわかった。バンクリッジ歴は、このリヴ・スパークとそんなに変わらないってことだ！　バンクリッジにくる前は、北部にある中学の副校長をしていたらしい。これは、いい兆候かもしれない。校長になった今、バンクリッジになにかしらの改革をもたらしたいと思ってるにちがいない。前に勤めていた学校のサイトを見て、思わず顔がにやけた。そっちの学校には、服装規定がなかったのだ。生徒は全員、着たい服を着ればいいことになっていた。

その夜は、ずっといい気分で眠《ねむ》りについた。夕食のときも、興奮を隠《かく》しきれなかったから、母さんに「なにか企《たくら》んでるんじゃないの?」って言われてしまったくらい。でも、ただにんまり笑って、唇《くちびる》をチャックで閉じるしぐさをした。いい知らせを伝えられるようになるまで、内緒《ないしょ》にしておきたい。きっと母さんたちは誇《ほこ》りに思ってくれるだろう。土曜日の夜にあんなひどい態度を取ってしまった埋《う》め合わせにもなるといいんだけど(埋《う》め合わせをしたいなら、癇癪《かんしゃく》を起こしたことを謝ったほうがずっと良かったのに。このときは気づかなかった。ほんと、バカ)。

16

月曜のすべり出しは順調とは言えなかった。教室に入っていくと、メイジーはジェイドとチェルシアといっしょにうしろの席にすわっていた。こっちを見もしない。ジェイドが声を張りあげて言った。「オエッ！　なんの臭《にお》い？　ああ、あの男女《おとこおんな》ね。ま、『女』ってつけていいのか、わからないけど」

それを聞いて、ちょっと動揺《どうよう》した。臭《くさ》いって言われたからじゃない。そんな低レベルの悪口しか言えないなんて、むしろ気の毒。エンツォだって、五歳《さい》くらいのときには「臭《くさ》い」なんて悪口、やめてたし。気になったのは、後半のほう。でも、ジェイドが例の秘密のことを知ってるなんて、ありえない。たぶん、髪型《かみがた》のことを言ってるんだろう。その程度のことしか言えないなんて、やっぱりほんとダサい。

メイジーが二人とすわってたのはショックだったけど、でも、本当のショックとはちがった。物語を読んだり、映画を観《み》たりしているときに、次の展開がわかるときがあるよね？　例えば、主人公が幸せいっぱいのときには、これから悪いことが起こるってわかる。もちろん、エンディングは別。

幸せになってもOK。「そのあとも幸せに暮らしました」も、もちろんOK。メイジーがチェルシアのパーティへいくって知った直後は、なんとも言えない気持ちになった。だから、あんなに友だちの縁《えん》を切りたかったんだ。こっちと仲良くしてるあいだは、ジェイドとチェルシアがメイジーと友だちになるはずないから。つまり、あの二人に気に入られるために、メイジーは親友を捨てたんだ。

みんながさかんにおしゃべりしている中、独《ひと》りで席にすわっていた。ほとんどの子がチェルシアのパーティの話をしてる。どうやらチェルシアはリムジンで登場したらしい。

リムジンには乗ったことはないけど、霊柩車《れいきゅうしゃ》なら乗ったことがあった。おじいちゃんのお葬式《そうしき》が始まる前に、棺《ひつぎ》をのせたピカピカの黒い車にこっそり乗りこんだのだ。どうしてもすぐにおじいちゃんに言わなきゃいけないことがあったから。でも、ピカピカの金の取っ手のついたつやつやした木の棺《ひつぎ》の横にすわったとたん、言おうと思ってたことが頭から消え去ってしまった。その瞬間《しゅんかん》に、おじいちゃんは本当に死んじゃったんだ、ってことがわかったんだと思う。運転手さんは、棺《ひつぎ》のそばに子どもが入りこんでるのを見て、いい顔はしなかったけど、母さんには言わないでくれた。話のわかるおじさんだった。

というわけで、クラスじゅうがパーティがどんなに楽しかったかってことを話してるような気がした。チェルシアとジェイドなんて、声を張りあげるようにしてしゃべってる。たぶん、わざと聞かせようとしてるんだろう。何度も、大げさに笑い声をあげている。合間に、メイジーのぐっと小さな笑い声も混じってた。別にかまいやしない。そう、自分に言い聞かせる。親友をなくしたのは、メイジーのほうだ。こっちはもう、メイジーなんて必要としてないんだから。それに、親友がいなくなった今、例の秘密が漏《も》れる心配はなくなったんだから。

やっとジェイコブが教室に入ってくると、ほっとした。こっちに向かって歩きながら何人かに話しかけてる。すごく楽そう。つまり、人と話すのが。自然なのだ。たぶん、相手もジェイコブのことが好きだからだろう。

「うっす」ジェイコブはドサッと椅子《いす》にすわると、カバンを床《ゆか》に投げ出した。

「おはよう」そう言ってから、ジェイコブが右の手首に黒いサポーターをはめてるのが目に入った。「スケボーでやったの?」ジェイコブの目の表情が一瞬《いっしゅん》揺《ゆ》らいだ。それから、ジェイコブはゴホッと咳《せき》をして、うなずいた。「まあな……新しい技をやろうとしたんだよ……キックフリップっていうやつ。で、派手に転んじゃったってわけ」

「痛む?」

「いや、そこまでひどくはない。これは、母さんがつけろってうるさいからさ。母親っていうのが、どういう人種かは知ってるだろ？　ま、それはいいとして、週末は楽しかった？」

目をぐっと細めて、きき返した。「それって、ジョークのつもり？」

「え、まあ、だとしたら、かなりつまんないジョークだと思うけど？　『週末は楽しかった？』だからね。どう考えたって、おもしろくもなんともない」

「わかってるくせに」そう言ったものの、ジェイコブの途方《とほう》に暮れた顔を見れば、本当になんのことだかわかってないのがわかった。だから、うしろを確かめてから、小声で言った。「パーティのことだよ？　クラスじゅうの子と飼い犬まで呼ばれたのに、呼ばれなかったんだ。あと、マリオン・メルツァーも呼ばれなかったけど」ちょうどそう言ったとき、マリオンが教室に入ってきた。だれにも話しかけずにまっすぐ自分の席までいく。マリオンお決まりのパターンだ。

「ああ、あのパーティ？　リムジンのこと、聞いた？　一三歳《さい》の誕生日パーティにピンクのリムジンで乗りつけるやつがいるか？　チェルシアって、自分のこと、キム・カーダシアン（アメリカの女優・モデル。お騒《さわ》がせセレブとして有名）かなんかだと思ってるとか？」

肩《かた》をすくめて、言った。「まあ、けっこういいパーティだったんじゃん？　ナイトクラブからDJを呼んだって聞いたよ」

今度はジェイコブが肩《かた》をすくめる番だった。「耳から血が出そうな音楽のために、親が何千ドルも払《はら》える家なら、ま、いいんじゃない？」

「でも、料理は美味《おい》しかったはず」

「だから？　それだけの価値ないよ。うまいものを食うためだけに、チェルシアのパーティにいくなんてさ。だったら、レッド・ロブスター(シーフードレストランのチェーン店) にでもいったほうがマシさ」

「じゃ、楽しくなかったの？」

「なにが？」ジェイコブはまた、意味がわからないって感じに首を傾《かし》げた。

思わずがまんできなくなって、ジェイコブのおでこをコンコンってたたいて言った。「もしもし？　だれかいますかー？」しょっちゅうエンツォにやっては、嫌《いや》がられてる。ジェイコブも、エンツォに負けず劣《おと》らず嫌《いや》だったみたいで、さっと手を払《はら》いのけた。

「パーティだって。パーティは楽しくなかったわけ？」エンツォになにかを説明するときみたいに、ひと言ひと言ゆっくりと発音する。

「なんの話だよ？　あんなくだらないパーティ、いってるわけないだろ！」

え？

ジェイコブは、パーティには呼ばれたと話してくれた。もちろん、呼ばれたに決まってる。ジェイドはジェイコブにまとわりついて、いっしょにいこうってしつこく誘《さそ》っていた。もしジェイコブがパーティにいきたいと思ってたとしても、あれじゃ、いく気が失《う》せるだろう。だから、金曜の午後にチェルシアにいけないって言ったらしい。そしたら、「もっと楽しい計画があるんでしょうね」って言われたそうだ。

なんて返事をしたのかも、ジェイコブはそのままのせりふで教えてくれた。「まあね、ほんとのこと言って、そうなんだ。うちの犬が膀胱炎《ぼうこうえん》になっちゃってさ。検査《けんさ》のための尿《にょう》を取らなきゃならないんだよ」

ジェイドには通じなかったらしい。「だったら、チェルシアのパーティのほうがよっぽどいいじゃない」ジェイコブはにっこり笑って、言ったんだって。「そりゃ、ジェイドだったらそう思うだろうね」って。

その場にいたかった！

おかげで、チェルシアのパーティにいけなかったことが、前ほど気にならなくなった。ある意味、ジェイコブと仲間だって気になれたからだ。それって、けっこう悪くない気分だった。

17

校長先生は、「門戸開放主義」を取っていた。あ、いつもってわけじゃないけど。毎週月曜日のお昼休みは、生徒はだれでも、どんな用件でも、校長先生に会えることになっている。これって、いい兆候だよね。生徒の声を聞く気があるってことだから。

「どうぞ！」

どうしてこんな大きい声を出すんだろう。校長がすわってるいすは、入り口から一メートルくらいしか離《はな》れてないし、ドアは大きく開けてあるのに。「門戸開放主義」なんだから、もちろんドアを開放しておくのが基本（かつ、必須《ひっす》条件）だ。

「リンチ校長先生ですか？」

「あんまり気安く呼ばないでくれよ！」校長は言って、ハッハッハッと大きすぎる声で笑った。

いっしょに笑うところかもって思ったけど、笑わなかった。「今日は、お話があるんです。」とても大切なことです」

校長は目をくいっと見開いてみせたけど、ふざけてるだけだってわかった。「なるほど、そういうことなら、すわってもらったほうがいいな」校長は、となりに置いてあるすわり心地《ごこち》の良さそうな青い小花模様のいすをさし示した。机とグレーの書類キャビネットのあいだに押《お》しこんであるせいか、妙《みょう》に場違《ばちが》いに見える。すわると、ぐっとへこんで、飲みこまれたような気がした。自分なんてちっぽけな役立たずって気にさせられる。リンチ校長のほうは、ふつうのオフィスチェアにすわっていたから、例のとがった鼻先越《ご》しにこっちを見下ろして言った。

「さてと。どんなご用件かな？　ええと、お嬢《じょう》さんの名前はなんだったかな……」

名前を覚えてないのは、ぜんぜんかまわない。自分だって、まだ名前を覚えてない先生がいるし、校長先生は、その何十倍もの名前を覚えなきゃならないんだから。嫌《いや》だったのは、もちろん、「お嬢《じょう》さん」のほうだ。「スパークです。リヴ……オリヴィア・スパークといいます」

「スパーク……」その言い方を聞いて、マクリーディ先生からズボンの一件を聞いてるんじゃないかって気がした。じゃなきゃ、エクルズ先生がジェイドを校長室にいかせたときに、聞いたのかもしれない。

カバンからノートを取り出した。自分の手が震《ふる》えてるのがわかる。これじゃ、だめだ。校長先生には、自信たっぷりで落ち着いてるように見せなきゃならないんだから。ちゃんと話し合える相手だって思ってもらわなきゃならない。

「オリヴィア、どんな話だね？　なかなか興味深そうじゃないか」

笑顔《えがお》を作ると、少しだけ自信がわいてきた。それで、なんとか話しだすことができた。「はい、校長先生。実は、学校の服装規定のことなんです。きっと校長先生も、ずいぶんと古くさいとお思いなんじゃないでしょうか。前にいらした中学では、服装規定はなかったんですよね？」

校長はぽかんとした顔をした。これじゃ、ぜんぜんだめだ。そう思って、もう一度最初からやり直した。「男子がズボンをはくなら、女子もズボンをはいてもいいことにすべきだと思います」

正確には、自分を女子だと思ってるわけじゃないけど、今はそれは置いておくしかない。問題をややこしくしないほうがいい。取りあえず今は。

「なるほど」リンチ校長はいすに寄りかかって足を組んだので、紫《むらさき》の靴下《くつした》の上の毛深い足首がのぞいた。

どういう意味だろう。いい意味の「なるほど」なのか、悪い意味の「なるほど」か、よくわからない。なので、このまま突《つ》き進んで、言わなきゃいけないことを急いでぜんぶ言ってしまうことにした。スカートは実用的じゃないし、冬は寒いし（チクチクするウールのタイツをはいても、まだ寒い）、先週、中三の男子が、階段をのぼってる女子のスカートの中を覗《のぞ》こうとしてるのも見た、と言った。その女子が、ジェイド・エヴァンスだってことは、言わないでおいた。

言いたいことをぜんぶ言うと、言い忘れたことがないかノートをチェックしてから、いすの背に寄りかかって、リンチ校長がなにか言うのを待った。校長は、車のダッシュボードにくっつけられている犬のおもちゃみたいに、ゆっくりとうなずいている。うなずいてるってことは、いい兆候ってことだよね？

「なるほど」校長は、また言った。「この件について、だいぶ考えてきたようだね、オリヴィア。感心したよ」校長がにっこりほほえんだので、こっちもほほえみ返した。予想してたよりも、ずっとうまくいってる。

「じゃあ、考えてくださるってことですか？　服装規定を変えてくださるんですか？」

校長は笑顔《えがお》を崩《くず》さずに言った。「だめだ」

「だめ？　どうしてですか？　今、感心したっておっしゃったじゃないですか？」

「ああ、たしかに感心した。今も感心している。だが、バンクリッジ中学には、ほかにも変えなきゃいけないことが山のようにある。そのリストだけで、文字どおり、わたしの腕《うで》の長さくらいあるんだよ」校長は、長さを示すように腕《うで》をかかげた。「優先順位の問題なんだ、オリヴィア。今のいちばんの問題は、本校の生徒に最良の教育を用意することだ」

「はあ」

「きみも、わたしのおかれた状況《じょうきょう》をわかってくれると思う」

「でも、女子のスカートを覗《のぞ》いてる男子たちのことはどうするんですか？」

「その生徒の名前を教えてもらえるかね？」

首を横にふった。

「なら、その件については、今後、注意を怠《おこた》らないようにしよう」

リンチ校長は立ちあがって、ドアのほうをさし示した。「さてと、言いたいことをぜんぶ言ったのなら……？」校長は鼻の頭越《ご》しにこっちを見下ろした。

「でも……じゃあ、この問題について考えてもくださらないってことですか？」

校長の笑《え》みが揺《ゆ》らいだ。「そうはいってない。数年のうちには、服装規定を見直すようにしよう」

「でも、別になにかしないといけないわけじゃないですよね！　ただひと言、朝礼で発表して、サイトを書き換《か》えるだけじゃないですか。校長先生がやり方がわからないなら、代わりにやりますから。みんなに知らせるポスターを校内に貼《は》るのだって、やります」

今や、校長先生の笑《え》みはすっかり消えていた。「オリヴィア、わたしが出した結論はわかったはずだよ。さあ、もしよければ、わたしにはほかに仕事があるんだがね」校長はドアのところへいって、もう一度、出口の場所と使い方を教え諭《さと》すかのように指さした。

でも、無理だ。どうしても足が前へ出なかった。「先生！　お願いです。どうしても……」声が震《ふる》えたので、あえぐように息を吸い、ちゃんとした声で話そうとする。「もうこれ以上、こんなものを着るのは、耐《た》えられないんです。スカートなんて大っ嫌《きら》い！」最後のところは、どなり声に近かったかもしれない。そんなつもりはなかったのに。いつだって、どなろうと思ってるわけじゃない。ただそうなってしまうのだ。なにか本当に大切なことがあるとき、勝手にリモコンで声のボリュームを上げられてしまうみたいに。そして、これは本当に大切なことなのだ。どんなに大切なことか、もっとうまく伝えられさえすれば。

案《あん》の定《じょう》、こう言われた。「大きな声を出さないでくれると、ありがたいんだがね。女の子だろう？」大嫌《だいきら》いな言葉。聞くだけで、なにかをたたき壊《こわ》したくなる。

ガタンと立ちあがって、ノートとメモをたたみもせずにカバンに詰《つ》めこんだ。肩《かた》にかけたひょうしに、書類キャビネットの上に置いてあるトロフィーをはたき落としそうになり、一瞬《いっしゅん》、そのまま校長の頭にスマッシュを決めてやろうかと思ったけど、運良くそれで校長が死んだら、刑務《けいむ》所《しょ》いきだ。そんなの最低だし（リンチ校長が死ねば、新しい校長がきて、バカげた服装規定を変えてくれるかもしれないけど、だとしても、もう関係ない。だって、そのころは、囚人服《しゅうじんふく》を着せられてるんだから。どんな服だか、知ったこっちゃないし）。

なにも言わずに部屋を出ていくつもりだった。なにがあっても、お礼だけは言うもんか。たまに、ぜんぜんありがたく思ってないときも、「ありがとう」って言ってしまうことがある。人には丁寧《ていねい》に接しなきゃいけないっていうのが習慣になってるから、思わず口から出てしまうのだ。「すみません」と同じ。道を歩いていて、相手のほうがぶつかってきたときも、しょっちゅう言ってしまう。

リンチ校長のバカみたいな鼻を見ないようにして前を通り抜《ぬ》け、廊下《ろうか》に出た。すると、しばらくいったところで、校長が呼びかけた。「そこまでひどくはないだろう？」ふり返ると、校長はドアのところに寄りかかっていた。「スカートのことだよ」

校長がどういう返事を期待してるかは、わかってた。先生の言うとおりです、スカートだって気にしません、って言ってほしいんだって。服装規定を変えるなんて、ただの思いつきで、二、三日もすれば、すっかり忘れるだろうってこと。

「いいえ、そこまでひどいんです。先生もはいてみられますか？」

リンチ校長は首を横にふった。「それは、へりくつだ」

うしろを見て、だれもいないのを確かめると、校長のほうへ二、三歩もどった。「へりくつをこねてるつもりはないんです。先生は今、スカートははきたくないっておっしゃいましたよね？だったら、どうしてはけっておっしゃるんですか？」

校長はイライラしはじめていた。調子に乗りすぎたかもしれない。「きみが女の子だからだろう！」

もしこの場で本当のことを話したとしても、聞く耳を持たないに決まってる。これは、相手がなにを見てるかっていう問題だから。リンチ校長は、本物のリヴ・スパークを見ていない。校長の目に映ってるのは、女の子なのだ。

「そんな単純な問題じゃないんです」声を荒《あら》らげたり、大声になったりしないように気をつけて言った。

校長は大きなため息をついた。針で刺《さ》されて、体じゅうの空気がシュウウウウッと抜《ぬ》けたような感じだった。「まだ話は終わってないような気がするのは、どうしてだろうね」

もう少しでにやけそうになったけど、にやけはしなかった。それくらい真剣《しんけん》だったから。「それは、まだ終わってないからです、先生」

18

木曜日の午後、エンツォと二人で、どれだけ口にオリーブの実を詰《つ》めこめるか競争した。そう聞くと、汚《きたな》いって思うかもしれないけど、そんなことない。別に、プラスティックの容器にまたもどすわけじゃないんだから。それだったら、汚《きたな》いけど。そうじゃなくて、こっそりお店の裏の通りに出て、どっちが種を遠くまで飛ばせるか競争するのだ。種飛ばしでは、エンツォはぶっちぎりの強さだった。なのに、なんで毎回競争してるのかわからないけど、ま、オリーブを口に詰《つ》めるほうなら、断然こっちの勝ち。

母さんとマンマとダンテにオリーブ詰《つ》めこみ競争をしてるのがバレると叱《しか》られるので、三人が別のことに気を取られてるときしか、やらないようにしてる。それでも、ケラーマンさんが毎週買いにくるレモンといっしょに漬《つ》けたオリーブの容器がすかすかになってると、怪《あや》しいって気づかれる。なぜかレモン・オリーブがオリーブ詰《つ》めこみ競争にはいちばん向いてるのだ。酸《す》っぱさっていう、別次元のハードルもあるからかも。

ダンテは具合が悪くて家で寝《ね》ていたし、母さんは歯根管治療《ちりょう》とかいう歯の根っこの部分の治療《ちりょう》で歯医者にいっていた。マンマは倉庫でずっと電話をしてる。お客がきたら、マンマに知らせることになっている。

第三ラウンドの真っ最中だった。エンツォの口はぱんぱんになって、鼻からフウフウ息をしている。かなりまぬけだけど、それを言うなら、こっちも同じだろう。容器からもうひと粒《つぶ》オリーブを取り出した。これで、(今回も)エンツォに勝てる。それも大粒《おおつぶ》だから、勝利に花を添《そ》えられるってわけ。

オリーブを口に詰《つ》めこんだのと同時に、お店のドアの上につけてあるベルがチリンチリンと鳴った。お客だ！　エンツォと二人で、ビー玉をほおばってるハムスターみたいに頬《ほほ》をぱんぱんに膨《ふく》らませたまま、さっとカウンターの下に隠《かく》れる。すると、エンツォがまずこっちを指さし、それから、カウンターの向こう側にいるお客を指さした。首を横にふって、エンツォを指さす。暗黙《あんもく》の了解《りょうかい》で(どっちにしろ、しゃべれないんだけど)、ソッコーでじゃんけんしたら、エンツォが勝った。

しかたがないので、立ちあがって、なんとか唇《くちびる》を笑《え》みに近い形にする。それから、お客は知り合いだってことに気づいた。

カウンターの向こう側に立っているのは、ジェイコブだった。向こうも同じくらい、びっくりしてる。「うっす」

指を一本立てて、待ってくれるように合図すると、もう一度カウンターの下に引っこんで、レモン・オリーブをバケツの中に吐《は》き出した。エンツォが勝利のダンスを踊《おど》った。しゃがんだまま踊《おど》ったんだから、かなりの技巧《ぎこう》と言っていいだろう。踊《おど》り終わると、エンツォも同じバケツにオリーブを吐《は》き出した。

頬《ほほ》がジンジンして妙《みょう》に伸《の》びたような感じがすると思いながら、また立ちあがった。「いらっしゃいませ。今日は、どうしたの？」

ジェイコブは赤くなって、なにかをうしろに隠《かく》そうとした。バレバレだ。

「母さんに、チーズを買ってこいって言われたんだ。通りの向こうのカフェにいるんだよ。そう言えば、お母さんと……お母さんが総菜屋をやってるって言ってたな」

「お父さんと」って言いかけたのは明らかで、かなりバツが悪かったけど、ジェイコブは最後の最後でなんとか踏《ふ》みとどまった。

「うしろに隠《かく》してんの、なに？」

「なにも隠《かく》してないよ」

「見せて！」

杖《つえ》だった。

「へえ、ジェイコブが英国紳士《しんし》だったとはなー。次、会うときはなんだろ？　山高帽《やまたかぼう》とか？　おしゃれじゃん！」

ジェイコブは笑わなかった。「母さんのなんだよ」そして、杖《つえ》の先をくいっと引っぱって、折りたたんだ。ぜんぶたたむと、鉛筆《えんぴつ》よりちょっと長いくらいになった。

「わあ、折りたたみ式なんだ。お母さんはどうして杖《つえ》を使ってるの？」

「ちょっと……調子がね。しょっちゅう使わなきゃいけないわけでも――」

「こんちは！　ぼく、エンツォ！」エンツォがカウンターからひょいっと顔を出したので、ジェイコブは飛びあがった。ほんと、エンツォのタイミングっていつも最高。

ジェイコブは照れくさそうに笑った。「はじめまして、エンツォ」

「だれ？　リヴのカレシィー？」エンツォは、いかにもうれしそうにわざと伸《の》ばして言った。すかさずむこうずねを蹴飛《けと》ばしてやった。そこまで強くはないけど、ウザいことを言うのをやめさせるくらいの強さだった（はず）。ジェイコブはおもしろそうに笑っただけだった。「ちがうよ、ただの友だち」

なんか妙《みょう》な感じ。って言っても、いい意味の妙《みょう》だけど。たしかに、ジェイコブとはもう友だちかも。特に意識もしないうちに、バンクリッジに本物の友だちができてたんだ。

チーズがよく見えるように、ジェイコブをカウンターのうしろに呼んだ。エンツォがグリュイエールチーズを勧《すす》めたので、負けじとタレッジオを勧《すす》めた。ジェイコブはふうんとかへえとか言いながら聞いていたけど、結局、両方買うことにした（お母さんが頼《たの》んだのは、モントレージャックだったみたいだけど）。エンツォは、チーズをスライスしてもらうためにマンマのところへ走っていった。子どもたちはまだチーズスライサーは使っちゃいけないことになっているからだ。指もスライスされちゃうかもよーっていつもエンツォのことをからかってたんだけれど、もうからかわないって誓《ちか》ったあとも、マンマは使うのを許してくれなかった。

マンマは、ジェイコブに会えて喜んでるのを隠《かく》そうともしなかった。チーズを買う前にいくつか試食させてあげてたし、近いうちにごはんを食べにいらっしゃいって誘《さそ》ったくらい。ジェイコブも、ぜひいきたいです、って答えていた。ジェイコブって、大人としゃべるのがうまい。どういうときにどう言えばいいか、ちゃんとわかってて、しかも、ちっともうそっぽい感じがしない。

エンツォもジェイコブを気に入ったみたいだった。バスケやスケボーやゲームのことで質問攻《ぜ》めにしてたけど、ジェイコブはちっとも嫌《いや》そうじゃなかった。

「いい家族だね」出口まで送っていくとき、ジェイコブは言った。マンマとエンツォは、今週末、スケートボード公園へいってもいいかどうかで「議論」していた。ジェイコブはちょうどうまくそのタイミングをとらえて、帰りますってあいさつしたわけ。

「へんな家族でしょ」

ジェイコブは肩《かた》をすくめた。「だれだって、へんなところはあるよ。うちの母さんなんて、ワン・ダイレクション（イギリスのアイドル・バンド）に夢中なんだから」

「なるほど、それはたしかにへんかも」ジェイコブのあとについて、お店の外に出た。「じゃあ、また明日ってところかな」

「だね。日曜にエンツォがスケートボード公園にくることになったら、ちゃんと目を離《はな》さないようにしますって、お母さんに伝えといて」

「マンマって呼んでるんだ。マンマはイタリア人だから」

ジェイコブはうなずいた。「もう一人のお母さんのことはなんて呼んでるの？」

「当てられないと思うよ」そう言って、にんまり笑ってから、救いの手を差しのべることにした。

「ただの『母さん』でしたー」

「そっちのお母さんのほうも、チーズの試食をさせてくれる？」ジェイコブはにっと笑った。

「たぶんね。ジェイコブのお母さんがハリー・スタイルズに夢中だって話したら、同情してくれると思うよ」

ジェイコブはゲラゲラ笑った。「どうしてワン・ダイレクションって言っただけで、ハリーのファンってわかったの？」

今度はこっちが笑う番だった。「勘《かん》」

ジェイコブが帰っていくのを見送ったとき、歩道が濡《ぬ》れているのに気づいた。ジェイコブはものすごくゆっくり歩いていく。半分ほどいったところで、ジェイコブはふり返った。そして小さく手をふると、また歩きだした。さっきよりもほんのちょっとだけ早足になって。

夕食のとき、マンマは母さんにジェイコブの話をした。夕食のメニューは、大好物のチキンのカッチャトーレだった。チキンをトマトとかキノコとかと煮《に》こんだやつ。けど、かわいそうに母さんは水を一杯《いっぱい》しか飲めなかった。歯医者のせいでまだ口の中が麻痺《まひ》してたから。母さんがしゃべろうとするたびに、みんなで大笑いしてしまった。

マンマと母さんは（エンツォからのアドバイスもあって）土曜日の夕飯にジェイコブを招待するって、こっちの意見も聞かずにさっさと決めてしまった。

「でも、あと二日しかないじゃん⁈」

「だから？」マンマと母さんが同時に言った。

まあ、それでもいいかと思いかけたときに、母さんがだいなしにすることを言った。「友だちを家に呼ぶのは、いいことだからね」正確に言えば、そんなことを言ったように聞こえたってことだけど。実際には、「とほだちをいへによふのはいいことはからね」って言ったから。

「それ、どういう意味？」

母さんは肩《かた》をすくめ、マンマが代わりに答えた。「別にどんな意味もないと思うわよ、リヴ。

しばらくだれもうちに呼んでなかったからってだけ。ジェイコブと仲良くなって良かったわ。とてもいい子そうだもの」

「いい子だよ、たぶん」

母さんとマンマは顔を見合わせてほほえんだ。マンマはサラダのおかわりをよそいながら、メイジーも呼んだら？　って言った。

「やだよ！」思ったよりも、強い言い方になってしまった。マンマたちに、メイジーはもううちにはこないって、ちゃんと話さないと。二度とこないって。メイジーとは仲直りしてないし、この先も仲直りすることはないって。とはいえ、もちろん、ぜんぶは話さなかった。ただ、メイジーには新しい友だちができて、その友だちっていうのがすごく感じが悪いんだってことだけ言った。そしたらマンマが、リヴに対して感じが悪いの、それともみんなに対して感じが悪いの、ってきいてきたから、たまに意地悪をされてるってことは認めた。あること（母親が二人いるせいでいじめられてる、とか）を隠《かく》したいなら、本当のことも混ぜて話すのがいい（意地悪をしてくる女子がいるけど理由はわからない、とか）。

母さんは、その子たちがやめるよう学校に連絡《れんらく》しようって言いだし、マンマも賛成した。エンツォはお皿を舐《な》めるのに忙《いそが》しくて聞いてなかったし、ガリバルディはガリバルディでだれかがチキンを投げてくれるのをおとなしく待ってるので忙《いそが》しかった。じゃなかったら、ガリなら、気にかけてくれたはず——もちろん、言葉がわかったらってことだけど。でも、ガリならわかってくれるってことは、わかってる。

ナプキンで口を拭《ふ》いて、水をちょっとだけ飲んだ。そして、とびきり落ち着いた、大人っぽい口調で、自分でなんとかするから大丈夫《だいじょうぶ》って答えた。ちょっかい出してくるのは幼稚《ようち》でくだらない子たちだから、心配はいらないし、その子たちに嫌《きら》われてようがぜんぜん気にならないからって。最後には、もしいじめがひどくなったり気が変わったりしたら、必ず話すように約束させられて、なんとかマンマと母さんを説得できた。マンマには、本当にマンマたちになにもしてほしくないのかよく考えるようにって言われた。たしかにリヴはそんな女の子たちに負けないくらい強いけど、そうじゃない子がターゲットになることもあるでしょ？　マンマがそう言ったとき、ふっとマリオンの顔が浮《う》かんだ。マリオンは、ジェイドになにか言われても、ぜったいに言い返さない。だから、マンマにはちゃんと考えると答えた。

食卓《しょくたく》を片づけているとき、マンマが、メイジーのことは残念ね、と言った。「むかしからとってもいい子だと思ってたのに」それを聞いた母さんがなにか言ったけど、お湯が沸《わ》くシュンシュンという音で聞こえなかった。でも、マンマの表情からして、あまりいいことじゃないのはわかった。

もしその予想が当たっていたら（当たってると思うけど）、母さんがメイジーを悪く言ったことでちょっとほっとした。なぜなら、悪いのはメイジーで、自分じゃないって確認《かくにん》できたから。いきなり変わったのはメイジーのほうだ。こっちはずっと変わってないんだから。メイジーが知ってる範囲《はんい》では、ってことだけど。

19

ジェイコブは、夕食に呼んだら、すごく喜んだ。そして、いつもうちではピザやパスタを食べているのかきいてきたので、ピザやパスタだけがイタリア料理じゃないって説明してから、でも、たしかに土曜日はいつもピザだって言ったら、ウケてケラケラ笑った。

ジェイコブがぴたっと笑うのをやめたので、見ると、ジェイドとチェルシアが教室に入ってきた。すぐうしろからくっつくように入ってきた女の子を見て、最初、すぐにメイジーだってわからなかった。まずブロンドになってたし、ばっちりメイクしてたから。すごくへんだったけど、本人はそう思ってないのはすぐわかった。背筋をピンと伸《の》ばし、頭を高くあげて、さっそうと入ってきたから。でも、目が合うと、心なしか肩《かた》が下がって、そそくさと席まで歩いていった。

バンクリッジ中学では、「過度の化粧《けしょう》」は禁止されてるけど、未《いま》だかつてそれで生徒を叱《しか》ってる先生は見たことがない。だれも気にしてないみたいだ。それどころか、メイクしてない女子のほうが、明らかに少ない。ちゃんと正直に言うと、メイジーの髪《かみ》は悪くなかった。けっこう似合ってる。と、思う。まあ、悪くはない。でも、メイクはみっともなかった。まつげは、マスカラがダマになっていて、油膜《ゆまく》に足を取られたクモみたいになってるし。どうせなら、ジェイドをただまねするだけじゃなくて、うまくできるように教えてもらえばよかったのに。

ジェイコブがくいっと眉毛《まゆげ》をあげて、小声で言った。「ジェイドは、自分のクローンを作ろうとしてるみたいだな。DNA操作してんだよ、きっと」

そしてすぐに絵を描《か》きはじめた。まず、ボタンやレバーのたくさんついた巨大《きょだい》な機械からベルトコンベアがのびているところを描《か》き、その上に、そっくりな人形の入った箱を三つ描《か》いた。それぞれの箱に、名前が書いてある。ジェイド、チェルシア、メイジー。メイジーの箱はいちばん最後で、機械から出てきたばかりだった。そして最後に、ジェイコブはメイジーの人形が入ってる箱の上に「リニューアルしました!、品質向上!?」と書き入れた。

とうとう金曜日がやってきた。っていうのも、今日から実行するって決めてたから。〈パンツ・プロジェクト〉作戦その三——署名運動だ。

母さんが、ネットで動物虐待《ぎゃくたい》に反対する運動に署名したって話をしたときに、閃《ひらめ》いたのだ。母さんが、これだけ署名が集まれば政府も腰《こし》を上げないわけにはいかないはずだって言ったのを聞いて、プロジェクトを応援《おうえん》してくれる人を集めて、リンチ校長が行動を起こさざるをえないようにしたらいいんだって思いついたわけ。

ここ数日は、ランチはジェイコブとその友だちといっしょに食べていた。そうなったのは、カフェテリアの隅《すみ》で独《ひと》りで食べてるときに、ジェイコブがトレイを持って、きてくれたのがきっかけだった。そうしたら、すぐにジェイコブの友だちも何人かこっちにきてすわった。いろいろな面で、男子のほうが面倒《めんどう》くさくない。ジェイコブがいいならってことで、ほかの男子たちもいいことにしたみたいだった。母親が二人いる子ってことはもちろん知ってただろうけど（今じゃ、学校で知らない子はいないと思う）、別に気にしてないみたいだった。木曜日に、ミゲルがこっそり、お兄さんがゲイだって教えてくれた。なんて答えたらいいかよくわからなかったので、「いいじゃん」とだけ答えた。いい意味で言ったのが伝わってるといいけど。

アレックスとサヴとミゲルが、体育の時間のこと（たぶん、パンツが食いこんでるとかそういうたぐい）で盛り上がってる（超《ちょう》笑えることらしい）あいだ、ジェイコブに署名運動の紙を見てもらった。すでに〈パンツ・プロジェクト〉のことと、リンチ校長のムカつく対応のことは話していた。リンチ校長相手に食い下がったことを知ると、ジェイコブは感心してくれた。

ジェイコブはじっくりと署名運動の紙に目を通すと、うなずいた。「この字、いいじゃん」

自分でも、うまくできたと思ってた。大好きなマンガから写したのだ。太くて大きくて、いかにも重要なことって感じに見える。手書きより、パソコンで作ってプリントアウトしたほうがいいか、きいてみた。

「いや、こっちのほうがいいよ。手書きのほうが、心がこもってる感じがする。リヴにとって本当に重要なことなんだってわかってもらったほうが、署名も集まるよ」なるほどと思っていると、ジェイコブはすらすらと名前を書いた。「はい。これでひとつ。あと、ほんの二、三〇〇だ」

「自分もサインすべき？」

「うん、そうだな！」ジェイコブは笑って言った。なので、ジェイコブのサインの下に自分の名前を書いた。ジェイコブがなんとかアレックスたちを黙《だま》らせてくれたので、署名運動の話をした。サヴは、おれは女子のスカート姿が好きなんだって言ったけど、冷ややかな目でにらみつけて、黙《だま》らせた。その場にいた男子はみんなサインしてくれた。これで、五つ。五分もしないうちに五つ集まるなんて、悪くない。うざったいことにそこで昼休み終了《しゅうりょう》のチャイムが鳴ってしまったので、署名集めはいったん終わりになった。

考えたすえ、リンチ校長に本気で受け止めてもらうためには、少なくとも学校の半分の生徒の署名が必要だという結論に達していた。全校で五〇〇人の生徒がいるってことは、二五〇以上の署名を集めなければならない。簡単にはいかないことは、わかっていた。

金曜日の最後の授業は、マクリーディ先生のクラスだった。マクリーディ先生は、そろそろ保護者会なので、何人かお手伝いの生徒が必要だと言った。

ジェイコブがぱっと手を挙げた。「おれたちでやります、先生！」ジェイコブのことを知らないとわからないと思うから説明しとくと、これってぜんぜんジェイコブらしくない。マクリーディ先生ですら、かなりびっくりしたみたいだった。「あ、ええ、もちろんよ！ ありがとう、ジェイコブ。それに、オリヴィアも助かるわ。オリヴィアも手伝ってくれるってことでいいのよね？」

うなずくしかなかった。よけいな注目を集めたくなかったし。

「わたしも手伝います、マクリーディ先生」教室のうしろから、甘《あま》ったるい声がした。

「あたしも！」

最高。ジェイドとチェルシアもいっしょとはね。まあ、まだマシか。もし——

「メイジーもやってくれると思います！」ジェイドが言った。ふり返ると、メイジーはもちろんですって感じでうなずいてる。

「どうしてあんなこと言ったわけ？」ひそひそとジェイコブにきいた。

「わかんないの？」

「わからないよ！」

「必要だからさ」

「なにが？」

「マクリーディだよ！」

なんのことだかぜんぜんわからないでいると、ジェイコブが小声で説明してくれた。〈パンツ・プロジェクト〉を成功させるには、協力者が必要だ（「強力な協力者がね」とジェイコブは言った）。先生を味方につけることができれば、リンチ校長にさらなるプレッシャーをかけることができる。マクリーディ先生を味方につける方法があるとすれば、保護者会で手伝いをするよりいい方法があるか？　ってこと。たしかにまっとうな作戦だと思った。先生を味方につけるなんて、思いつきもしなかった。先生なんてみんなリンチ校長の味方だって思いこんでいたのだ。だけど、たしかにマクリーディ先生がスカートをはいてるのは見たことがない。ズボンとスカートを両方はいていったときの反応は好意的とは言いがたかったとしても、共感はしてくれるかもしれない。

ジェイコブは仲間なんだって思いはじめたのは、このときだった。自分だけが、〈パンツ・プロジェクト〉のために闘《たたか》ってるわけじゃないって。ジェイコブ自身にはなにも関係ないことなにって思うと、なおさらジェイコブってすごいって思った。頭の片隅《かたすみ》で、自分だけでやるべきだっていう声がした。信用できるのは、自分だけだって。でも、無視した。本気でそう思ってるわけでもない。だって、この世に一〇〇パーセント信頼《しんらい》できるって思ってる人は三人いるから。母さんとマンマとエンツォ。まあ、フランシスおばあちゃんもかな（たまにどうかって思うけど）。つまり、四人ってことになる（か、三人半？）。あ、言うまでもないけど、ガリバルディのことも。でも、家族と犬は数には入らない。よね？　家族と犬を信用するなんて、ある意味あたりまえだから。それ以外で信用できる人を見つけるのは、そう簡単じゃない。メイジーのことは信じてたけど、今じゃ、こんな状況《じょうきょう》になってんだから。

20

土曜日の夕方、ジェイコブはお母さんに送ってもらってきた。車から手をふってるお母さんは、ごくふつうに見えた。ワン・ダイレクションの熱狂的《ねっきょうてき》なファンだなんて、ぜんぜんわからない。髪《かみ》は縮れてて、カッコいいメガネをかけて、笑顔《えがお》が感じいい。

「こちらが、有名なガリバルディね！　あらまあ、うちの犬の三倍くらいありそう。うん、まちがいなくあるわね」ジェイコブが、お母さんにガリバルディの話をしてるってわかって、うれしかった。ガリバルディのことを無視されるのは、なんか嫌《いや》だから。

ジェイコブはしゃがんで、ガリに思う存分自分のにおいをかがせてやった。ガリは尻尾《しっぽ》を高速で床《ゆか》に打ちつけ、ジェイコブが手のひらを上に向けて差し出すと、前足でパシンとたたいた。ジェイコブはたまたま、うちの犬ができる唯一《ゆいいつ》の芸を当てたってわけ。

エンツォは、ジェイコブがうちにきたってことで大興奮して、その朝作ったレゴの宇宙船を見せようとジェイコブを部屋まで引っぱっていった。本当は、〈作り方〉の説明がわからなくなって完全に諦《あきら》めモードに入ったエンツォの代わりに、ほとんど作ってあげたことは内緒《ないしょ》にしてあげた。ちなみに、レゴは得意。リヴ・スパークのレゴ・コレクションは、かなりのものだと思う。エンツォなんて、少なくとも週に一度は、リヴが死んだらもらっていい？　ってきいてくる。そのたびに、死んだらレゴもいっしょにお棺《かん》に入れるって答えてる。エンツォ的には、レゴで作ったお棺《かん》がこの世で最高らしい。

母さんが〈モンティーズ〉から帰ってきて、ピザのトマトソースを作りはじめた。すぐに母さんがジェイコブのことを気に入ったってわかった。ジェイコブが何度も、なにかお手伝いすることはありませんか、ってきいたから。親っていうのは、そういう子が好きなのだ。

ピザの生地《きじ》はマンマが前もって作って、寝《ね》かせておいてくれたから、ジェイコブといっしょにトッピングに取りかかった。ジェイコブがタマネギを切っているあいだに、サラミをスライスする。ジェイコブの目からぽろぽろ涙《なみだ》が流れるのを見て、「泣いてるー」ってからかったら、ジェイコブのほうも、うちにこられてうれし泣きしてるっていう設定で演じはじめた。

実際、五人でキッチンにいるのは、すごく楽しかった。ジェイコブが加わっても、違和感《いわかん》はぜんぜんない。ジェイコブは、なにか言ったりやったりするタイミングを心得ていたし、本当にピザをものすごく楽しみにしてた。一度、お父さんがピザを作ったら、生地《きじ》がクッキーみたいになっちゃったらしい。だから、今回は特別、まるいモッツァレラチーズの塊《かたまり》を裂《さ》く役目をジェイコブにゆずってあげた。ジェイコブは、本物のモッツァレラを見たのは初めてだった。それを聞いたとたん、マンマがまた、この国の食べ物についてあれこれぶちまけはじめた。締《し》めの言葉は、「で、缶詰《かんづめ》のパイナップルのピザとはね！　アメリカ人って、どこかおかしいんじゃないの？」

ジェイコブもひるまず、ハムとパイナップルのピザは美味《おい》しいんだって反論した。マンマは顔をしかめて、首を横にふった。「せっかくジェイコブのこと、好きになりはじめてたのに。残念だわぁ」そして、冗談《じょうだん》だって証拠《しょうこ》ににっこりほほえんでみせた。といっても、一〇〇パーセントじゃない。なぜなら、一度うちのピザを食べたら、二度と「ハムとパイナップルなんていう野蛮《やばん》な食べ方」はできなくなるってしっかり付け加えてたから。

ひと口でじゅうぶんだった、ジェイコブは目を見開き、うんうんとうなずいた。そして、さらに続けざまにふた口ほおばった。「認めます、今まで食べた中で最高のピザだ！」

マンマはジェイコブの肩《かた》をたたいて、満足げにほほえんだ。「そりゃそうよ」

ジェイコブは、それこそ山のように食べた。そして食べ終わると、いすの背に寄りかかって、お腹《なか》をなでながら言った。「これ以上、もうなにも食べられない」

マンマが言った。「アイスクリームの場所なら、空いてます。デザートはまた別なんだよなあ。別腹って言いますもんね。これから毎日、食べにきてもいいですか？」

「アイスクリームも？」

マンマと母さんは大笑いした。「そちらのお母さんがお許しにならないでしょ」ジェイコブはちゃめっけたっぷりににっと笑った。

「いいえ、母は喜ぶと思います。料理が大嫌《だいきら》いなんです。父は、料理は下手じゃないけど、仕事から帰ってきたときはたいてい疲《つか》れてて、あまりできないから」

「なら、自分で料理すればいいじゃん」口を挟《はさ》んだ。

「包丁がうまく使えないんだ。手が……」ジェイコブは言いよどみ、黙《だま》ってしまった。

「手が、なに？」

ジェイコブは首を横にふった。「なんでもない。じゃあ、こうするよ。週に一度は家族に夕食を作る。その代わり、このピザのレシピをくれるっていうのはどう？　このソースは最高だよ！」

お世辞みたいに聞こえるかもしれないけど、そうじゃなかった。そうじゃないのがわかるんだ。見ていて、ジェイコブがうちの家族と過ごすのを心から楽しんでるのがわかるから。思わずジェイドとチェルシアがうちにきたら、どうなるだろうって思った。そしたら、うちの家族のことをおかしいとかへんだって思えなくなるんじゃないかな。だって、うちの家族はふつうすぎて、つまらないくらいだから。もちろん、あの二人をうちに呼ぶなんて、世界の終わりがくるとしてもないけど。呼ぶくらいなら、唐辛子《とうがらし》を鼻の穴に突《つ》っこんで、思いきり息を吸いこむほうがマシなくらい。

アイスクリームの最後の残りをスプーンですくおうとしてたら、ジェイコブが、署名運動はすごくいいアイデアだって話を始めた。そのことは話題に出さないように言っとくのを、すっかり忘れていた。

母さんとマンマにまた面倒《めんどう》を起こそうとしてると思われるんじゃないかって、心配だった。それに、母さんとマンマにだけは、そんなことは重要じゃないってぜったい言われたくない。このことがどれだけ大切なことか、わかってもらえなかったらって思うと、怖《こわ》かった。母さんたちに理解してもらえなかったら、この先どうしたらいいのかわからない。さらには、そのせいで、答えにくい質問をされるかもしれない。どうして制服のことがそんなに重大問題なのかって。

ジェイコブは、これまでのいきさつをぜんぶ説明した。リンチ校長が服装規定は変えないと言ったときのことも話して、「だけど、おれたち、このままリンチに勝たせたりしないよな、リヴ」と言った。

母さんとマンマはジェイコブの説明をじっと聞いていた。ジェイコブは、署名運動のことや、どのくらい署名を集めようとしてるかについて話したけど、マクリーディ先生に取り入るために保護者会の手伝いを申し出たことは言わなかった。

ジェイコブがぜんぶ話しおわると、母さんがテーブルの向こうから手を伸《の》ばして、そっと手を握《にぎ》ってくれた。「リヴ、えらいわよ」

「どうして？」小声でたずねた。

「自分が信じてるもののために、立ちあがったからよ。それはとても大切なことよ」そう、母さんだったらこう言ってくれるって、わかってなきゃいけなかった。

マンマも言った。「月曜日にリンチ先生に電話してあげましょうか。どっちにしろ、そのつもりだったの。ただイタリアのパパのことがあったから……つい……でも、そんなの言い訳にならないわね。ごめんなさいね」

「いいよ。これは、自分の力でやらなきゃいけないことだから。でしょ？」そう口に出して言ったとたん、そのとおりなんだって思った。これは、自分の闘《たたか》いだ。今では、ジェイコブも加わってくれてるけど。

マンマはにっこりした。「母さんの言うとおりね。リヴはえらいわ。この二、三ヶ月で本当に大人になったじゃない？」

そう言われて、恥《は》ずかしくていても立ってもいられないような気持ちになった。だって、学校の友だちの前で言われたいようなことじゃない。でも、マンマの言うとおりかもしれないって思って、内心うれしかった。ダニー・バーバーの顔を殴《なぐ》ったときからは、別人になったような気がする。あ、でも、誤解しないでほしいのは、ダニーを殴《なぐ》ったことは、これっぽっちだって後悔《こうかい》してない。でも、また同じ状況《じょうきょう》になったら、今度は別の方法で対処すると思う。っていっても、もう同じ状況《じょうきょう》になることはない。今じゃ、メイジーにはほかに助けてくれる友だちがいるんだから。まあ、ジェイドは殴《なぐ》ったりはしないと思うけど。でも、相手の毎日を徹底的《てっていてき》にみじめにして、しまいには自分で自分の顔を殴《なぐ》りたい気持ちにさせることができそう。

「あー、リヴが赤くなってる！」ほらね、エンツォはこういうとき確実にウザいことや恥《は》ずかしいことを言ってくれるわけ。

母さんがジェイコブにどうして署名運動を手伝ってるのかきいてくれたので、少し顔のほてりがひいた。そして、空になったアイスクリームの容器をシンクに持っていったけど、しっかり耳は澄《す》ませていた。同じことを疑問に思ってたから。

「リヴにとって大切なことだからです。それに、自分だって、スカートを学校にはいてかなきゃいけなかったら嫌《いや》だし。だったら、リヴが嫌《いや》だって思ったって、おかしくないですよね」

ジェイコブの答えは、これ以上ないってくらい完璧《かんぺき》だった。ジェイコブになら、例の秘密も話せるかもしれないって、一瞬《いっしゅん》思った。ジェイコブならわかってくれるかもしれない。少なくともわかろうと努力してくれるだろう。そのことを口に出して言うと思っただけで怖《こわ》くてたまらないけど、心のどこかでは、だれかに知ってほしいとも思っていた。一人だけでもいいから、本当の自分の姿を知っていてくれる人がほしい。まわりが思ってるオリヴィア・スパークじゃなくて。だれかに本当の自分を見てほしい。

その夜、ベッドの中で、今度こそまちがいなく（やっと）いろんなことが上向きはじめてるって思った。ジェイコブが手伝ってくれることになったおかげで、本当に署名運動がうまくいく可能性が出てきた。ジェイコブはみんなに好かれてる。〈パンツ・プロジェクト〉にジェイコブが関係してるって知ったら、応援《おうえん》してくれる子もいるだろう。それに、ほかにもスカートをはいていくのが嫌《いや》だと思ってる女の子だっているはずだから。

21

二日間、休み時間と昼休みに署名用紙を持って回ったけど、三四人分しか集まらなかった。そのうち九人は、いっしょのテーブルでランチを食べていた中三の女子のグループで、とても親切だった。一人なんて、「うまくいくといいね」って言ってくれた。ちょっと上から目線の言い方だったけど、意地悪なことを言ってくる子たちに比べれば、はるかに良かった。

あきれたような顔をされたり、にやにやされたりするだけなら、なんとかがまんできた。でも、面と向かって笑われたり、どうして男になりたいわけってきかれたりするのは、つらかった。男みたいだとも言われた。だからズボンをはきたがってるって、思われてるんだろう。自分たちが真実を言い当ててるなんて、夢にも思ってないだろうけど。

水曜日のホームルームのあと、マリオンがきて、サインすると言ってくれた。マリオンは信じられないくらいゆっくりと名前を書きながら、小さな声で言った。「あたしもスカートが大嫌《だいきら》いなの」

うなずいたけど、半分上の空だった。ジェイドとチェルシアとメイジーが近くからこっそり見ているのに気づいたのだ。「わあ、負け犬の集まり！」ジェイドが叫《さけ》ぶと、それが合図みたいにあとの二人も笑った。

マリオンはあきれたような顔をした。だから、小声で言った。「無視しなよ」それこそ「言うだけなら簡単」ってやつだけど。

「あの、なにかある……？　つまり、もし良ければ、署名運動を手伝うよ。ずっと思ってたの、もし――」

「うん、ありがとう。だけど、大丈夫《だいじょうぶ》。あ、もう、いかなきゃ」署名用紙をつかんで、マリオンを独《ひと》り、からかってくるジェイドたちのところに残して、足早にその場をあとにした。

手伝ってくれるなんて親切だと思うけど、人気がないっていう点ではマリオンも似たり寄ったりだから、むしろ、みんなに署名したくないって思わせてしまうかもしれない。

ジェイコブもいっしょに回るって言ってくれたけど、バカなことに断ってしまった。そのときは、やるなら自分でって思ってしまったんだと思う。でも、金曜日には、負けを認めざるを得なくなっていた。やっぱり手伝ってもらわなきゃならない。手伝ってもらうとしたら、マリオンよりもジェイコブのほうがいいに決まってる。

それで、ジェイコブと二人で署名集めを始めた。ジェイコブを連れて、マリオンのすわってるテーブルと逆のほうへ向かった。マリオンが手伝ってくれるって言ったとき、もっとお礼を言うとかしなきゃいけなかったかもしれない。でも、あのときは、ジェイドの言ったことに頭にきてたから。いつものことだけど。カフェテリアの向こう側からマリオンがこっちを見ているのを見て、申し訳ない気がしたけど、今は署名を集めることだけを考えなきゃいけない。

たった一〇分で、二二名分の署名が集まった。正直、少し腹が立った。そんなのおかしいのはわかってるけど、こっちがなにを言っても聞きもしないのに、ジェイコブの言うことには耳を傾《かたむ》けるなんて、納得《なっとく》できなかった。そもそも服装規定なんてジェイコブには関係ないのに！　だけど、人気があるっていうのはこういうことなんだ。もしかしたら、男子だってことも関係してるかもしれない。人が耳を傾《かたむ》けるのだ。ジェイコブはまだ中学一年だけど、上級生たちも、ジェイコブには一目置いているみたいだった。こっちには見向きもしないのに。変わり者だと思われてるから、まともに扱《あつか》ってもらえない。それもこれも、ぜんぶジェイドのせい。

ジェイコブが、どうかした？　ってきいてきた。署名が集まったのに、うれしそうじゃなかったからだろう。もちろん、署名のことはうれしかったけど、どうしてイライラしているかは説明できなかった。みんなにどんなことを言われたか、いちいち話していなかったし、もちろん、このあいだ中三の男子にサインをもらおうとしたときのことも言ってなかった。その男子は署名用紙を受け取って、ペンでサインしようとしたけど、ふと手を止めて、こう言ったのだ。「サインする前に、ひとつきいていい？」陰険《いんけん》な笑《え》みがじわじわと広がっていくのを見れば、嫌《いや》なことを言われるってわかったはずなのに。「でさ、男なの女なの？」そして、まわりを見まわして、みんなが聞いているのを確認《かくにん》してから、続けた。「それとも、そのあいだとか？」

なにも言わずに、歯を食いしばって、その場を立ち去った。笑い声が耳に響《ひび》いていた。

でも、ジェイコブはそういうことはなにも知らない。だから、謝って、手伝ってくれたお礼を言った。「もしかして……おじいちゃんのことが心配なの？　具合が悪いんだろ」

一瞬《いっしゅん》、なんて答えたらいいのか、わからなかった。このあいだの土曜日にエンツォが話したにちがいない。秘密を守ることは、エンツォの得意分野じゃない。まあ、別に秘密ってほどじゃないけど、家族のことはふつう他人にぺらぺら言わないものだし。

「ううん、そのことじゃない。でも、気にしてくれてありがとう。今日も手伝ってくれて、感謝してる。ジェイコブって……ほんと親切だね」

ジェイコブはなんてことないって感じで肩《かた》をすくめた。「いつでも手伝うよ」

結局、金曜の午後には、五六名分の署名が集まっていた。リンチ校長に本気で考えてもらうためには、二五〇かそれ以上必要ってことだから、悪くない。あとたった一九四。

ジェイコブが新しく覚えたスケボーの技《わざ》のことをしゃべってるあいだ、リストに目を走らせた。

スパイダーマン
トムとジェリー
ジャスティン・ビーバー
フラペチーノ

やってくれるし。で、あと一九八に訂正《ていせい》した。

22

マクリーディ先生が、保護者会の手伝いをする生徒たちは放課後数分だけ残るようにと言ったので、みんながどっと出ていったあと、ジェイコブとあの三人と教室に残った。

保護者会は来週の木曜の夜に行われる。マクリーディ先生は、できるだけスムーズに進めたいということを強調した。オリヴィアとジェイコブは正面入り口で保護者を出迎《でむか》えて、校内の地図をわたす係をお願い、と先生は言った。チェルシアとメイジーは、お菓子《かし》を出す係になった。

思ったよりひどいことにならないかも。少なくとも、あいつといっしょになることだけは……。

「ちょっと待って。やっぱり、ジェイドとオリヴィアに正面入り口の係をやってもらって、ジェイコブには、校内で迷ってる人がいないかどうか見回ってもらうことにするわ」

「でも、マクリーディ先生……」反論しかけたけど、ジェイコブがさっとこっちを見て、わずかにわかる程度に首を横にふったのに気づいて、口を閉じた。

「なに、オリヴィア?」

「えっと、その……もしよければ……リヴって呼んでいただけませんか?」ジェイドがフンと鼻で笑った。本当はジェイドと組むのが嫌《いや》だって言いかけたのが、わかってるのだ。

「もちろんよ、オリヴィア! あ、リヴ。もっと早く言ってくれればよかったのに」

自分がただのバカみたいな気持ちになったけど、少なくとも、バカな上に心底嫌《きら》ってる名前で呼ばれるという事態は避《さ》けられることになった。

「さてと、みんな、これで不満はない? 良かったわ。手伝いを申し出てくれて、ありがとうね。きっとバンクリッジ校の誇《ほこ》りになってくれると思うわ。みんなのご両親にお目にかかるのが楽しみよ」

マクリーディ先生がそう言ったとき、ジェイドがこっちを見ているのを感じた。そして間髪《かんはつ》いれずに、「わたしも、みんなのお母さんとお父さんをお迎《むか》えするのが楽しみです」って、いつも先生に話すときに出すいやらしい声で言った。

マクリーディ先生は、ジェイドがどういうつもりで言ったのか、ぜんぜんわかっていなかった。

「ありがとう、ジェイド。じゃあ、あとは火曜日にもう一度集まって、自分の係を忘れたりしていないか確認《かくにん》しましょう。よい週末をね。あと、チェルシア。今度こそちゃんと数学の宿題をやってくるのよ！」

マクリーディ先生はカバンに荷物を入れて、教室を出ていった。

「じゃ、リヴ、いこう」ジェイコブが言った。

二人で〈モンティーズ〉にいくことになっていた。マンマと母さんが、早めの夕食に〈超《ちょう》スペシャルサンドイッチ〉を用意するって言ってくれたのだ。超《ちょう》スペシャルっていうのは、具を山盛りにして、パンの厚さの少なくとも三倍になるようにしたサンドイッチのこと。

「まさかデート？」ジェイドが毒のある口調でたずねた。「な、わけないわよね。ありえないし。どうしてそれといっしょにいるか、わかってるわよ、ジェイク。男友だちとつるんでるみたいだからでしょ」ジェイドはさも得意げに言った。メイジーとチェルシアがうつろな笑い声をあげておだてると、ジェイドはますます調子に乗った。メイジーは本気で笑ってるみたいに見えた。ジェイドが怖《こわ》いから笑ってるわけじゃない。それに気づいて、よけいにつらくなった。

そのまま無視しようとしたけど、ジェイコブはジェイドに向き直って言った。「口を閉じろよ、ジェイド・エヴァンス。じゃないと……」こんなジェイコブの顔は初めてだ。怒《いか》りでどす黒くなってる。

「じゃないと、なによ？　女の子は殴《なぐ》れないよね!?」ジェイドは悪意なんてかけらもないって顔で、目をパチパチさせてほほえんだ。

「いいか、覚えとけよ」

「ジェイコブ、いいって。ほっとけばいいよ。相手にすることないって」これを言うのは、かなりの努力を要した。本当に本当につらかった。頭の中ではジェイドの顔をホワイトボードにたたきつけてやるところを思い浮《う》かべてたんだから。

「そうよ、ジェイコブ。どうしてミュータントなんかと駆《か》けずり回って、ミュータントがやるようなことをいっしょにやってんの？　ちなみに、署名運動はうまくいってる？　どうしてわたしたちのところにはたのみにこないのかしら。わたしは、変人は変人が着たいものを着ればいいって思ってるのよ。そっちのほうが、ひと目でわかって避《さ》けやすいじゃない？」前々《まえまえ》から言ってやろうと狙《ねら》ってたにちがいない。ジェイドがとっさにこんなせりふをぜんぶ思いつけるはずがないから。ついでに言えば、ジェイドはX－MENのマンガも映画も観《み》たことがないらしい。ミュータントはかっこいいんだから（X－MENは、超人的《ちょうじんてき》能力を持って生まれたミュータントの集団の活躍《かつやく》を描《えが》いたアメコミ)。

ジェイコブの腕《うで》をつかんで、出口のほうへ引っぱっていった。今すぐここから立ち去らないと、あとで後悔《こうかい》するようなことを(そして、たぶんジェイドはさらに倍後悔《こうかい》するようなことを)やりそうで怖《こわ》かった。

教室を出ようとしたとき、ジェイドが大きな声で言った。「じゃあね、オリヴィア! お母さんに、わたしが会いたがってたって伝えておいて。あ、もう一人のお母さんにもね。パパに、そういうたぐいの人たちについてはいろいろ聞いたから」

思わずふり返った。ふり返らずにはいられなかった。でも、見たかったのは、ジェイドの悦《えつ》に入った顔じゃない。メイジーだ。メイジーは目を合わせようとしなかった。恥《は》じ入っていたから。あたりまえだ。あれだけうちの親に世話になっておいて、ジェイドがこんなことを言っても、ただ黙《だま》って突《つ》っ立ってるなんて。これだけは、どうしても耐《た》えられない。

教室を飛び出した。

23

校門を出たところで、やっとジェイコブが追いついた。ものすごい勢いで通りを歩いていると、ジェイコブはうしろから必死で追いかけてきた。

「リヴ、ごめん」

「謝らないで。今はなにも言わないで」

「どういう意味？」

「あんたの同情はほしくない、ジェイコブ・アーバックル。それに、この話はしたくない。だから、なにも起こらなかったふりをするか、このまままっすぐ自分の家に帰って」

ジェイコブが足を止めたので、こっちも止まるしかなかった。さすがに言いすぎたと思ったから。「ごめん……ただ……せっかくの週末だから、ジェイド・エヴァンスのことなんて話したくない。考えるのも嫌《いや》なんだ。だから、お願いだから、このことは忘れることにしよう」

ジェイコブは首を横にふった。「よく平気だな？　あんなこと言われて」

肩《かた》をすくめて、足元のひび割れた敷石《しきいし》を眺《なが》めた。「慣れるんだよ」

「どうやって？」

「慣れるから慣れる。そのうち、耳を貸さなくなって、気にならなくなる」

ジェイコブの顔を見て、信じてないのがわかった。そりゃそうだ。信じなくたって、しょうがない。実際、うそなんだから。本当は気になる。気になるに決まってる。悪口を言われてるのを聞けば、傷つく。でも、時間が経《た》つにつれ、傷の種類は変わる。最初は、鋭《するど》い短剣《たんけん》で心臓を刺《さ》されたみたいに鋭《するど》い痛みが走るけど、同じような悪口を何度もくり返し聞かされているうちに、そういう痛みはなくなる。もっと、鈍《にぶ》い痛みに変わるのだ――虫歯みたいな。どこかからだの奥《おく》のほうでずきずきしてるけど、一度に数分なら無視できる。でも、夜になってベッドに入ると、そうはいかなくなる。寝《ね》ようとするときが、いちばんつらい。

「どうしてあんなに意地悪なことを言わなきゃならないんだか、わからないよ」ジェイコブは首をふりながら言った。なんだかいつもよりも幼く、純粋《じゅんすい》な感じに見えた。エンツォの顔が浮《う》かぶ。ジェイコブの好きなところのひとつは、どうしていじめなんてするのか、理由を想像すらできないいところだ。いい人っていうのは、そういうものなんだと思う。でも、自分はそうじゃない。まあ、別に、ふだんはそこそこいい人間だと思う。でも、いつもじゃない。だから、どうしてジェイドにターゲットにされるのか、理由は簡単に想像がついた。ジェイドは、他人をおとしめることで優越感《ゆうえつかん》を持つタイプなのだ。おまけに退屈《たいくつ》してて、そこへちょうど変わってる子がいたってこと。

話題を変えようとして、ジェイコブに、今度スケートボードをしてみたいって言った。本当は一回やったことがあるんだけど、言いそびれてしまった。何年か前に、いとこのスケボーを借りたけど、うまくできなかった。膝《ひざ》をすりむいて、あちこちにあざを作っただけ。それでも、ジェイコブはすっかりスケボーの話に夢中になって、〈モンティーズ〉に着くころには、いつものジェイコブになっていた。おかげでこっちまで、ジェイコブに説得されてもう一度スケートボードをやってみようって気になったくらい。

ダンテは、カウンターのうしろにある小さなステレオから思いきり大きな音で音楽を流していた。お客がいないときだけ、やっていいことになっている。入り口のすぐ横のテーブルにダンテの友だちがすわってたけど、彼《かれ》らはお客には入らない。だって、なにも買わないんだし。店は、退屈《たいくつ》だったり雨が降ったりしたときのたまり場になっていた。

ダンテはカウンターのうしろで大きなチーズの塊《かたまり》をスライスして、紙に包んでいた。それから、重さを計って、値段のシールを貼《は》っていく。ジェイコブと入っていくと、顔をあげて、にやっと笑った。「リヴマイスター将軍！」ダンテはいつもそう呼ぶけど、どうしてかはぜんぜんわからない。「で、きみがジェイコブだね！ 調子はどうだい？」

ジェイコブはにっこりして、調子はいいです、と答えた。母さんはどこかたずねると、エンツォとマンマとプールにいっていると言われた。そうだった、忘れてた。胸がチクッと痛んだ。むかし、プールにいくのは大好きだった。特にウォータースライドができてからはいつもすごく楽しみにしていたから、もういきたくないって言ったとき、母さんもマンマもおどろいていた。母さんたちには、水泳なんて退屈《たいくつ》だし、ほかにもっとやりたいことがあるからって言った。信じたかどうかはわからないけど、二人とも無理に連れていこうとはしなかった。もう泳げるようにはなってたから（ていうか、かなり得意だった）、車が流れの速い川に転落したり、フェリーのうしろから海に落ちたりしたとしても心配はいらないし。

またプールにいきたい。すごくいきたい。プールに飛びこんだり、プールの底をすべるように泳いで、どのくらい息継《いきつ》ぎしないで進めるか試《ため》したりしたい。プールの端《はし》から端《はし》までだって、一度も息継《いきつ》ぎしないで泳げたのに。まあ、ちょっと頭がくらくらして、へんな感じにはなったけど。もしだれもいない更衣室《こういしつ》で着替《きが》えられて、プールにもだれもいないなら、プールにいくのをやめたりしなかった。

泳ぐのをやめた本当の理由はたったひとつ。からだが変化してきたから。こんなの自分じゃないって気がしていた。

ジェイコブと〈超《ちょう》スペシャルサンドイッチ〉を食べた。ダンテは友だちのテーブルにいっしょにすわっていた。お客がいないときの〈モンティーズ〉がいちばん好きだ。マンマたちは、お店に人があふれかえっていて、店の外まで列ができてるときのほうがいいって言うけど、そんなふうになるのは、基本、土曜日の午前中、みんながパンを買いにくるときくらい。忙《いそが》しい日があるのもいいことだとは思う。だって、そうじゃなきゃ、食べ物が（テレビゲームも）買えなくなっちゃうし。だけど、自分たちだけのときのほうがずっと良かった。「自分たち」にはダンテの友だちも入る。何年も前から知ってるから。でもいまだに、リヴって呼んでくれない。ダンテの友だちにとっては、今もこれからも「点火プラグ《スパーク》」らしい。世界一すてきなあだ名とは言えないけど、これからも変わりそうにない。

ジェイコブはなんとか半分まで食べたけど、気持ち悪くなってきたみたい。「まだまだだね」ジェイコブにそう言って、目の前で思いきり大口をあけてサンドイッチにかぶりついてみせた。必ず——そう、ぜったいに〈超《ちょう》スペシャルサンドイッチ〉を完食するのが自慢《じまん》だから。

ジェイドが母さんとマンマに会うのが楽しみだって言ったことが、頭から離《はな》れなかった。ジェイドのお父さんはなんて言ったんだろう？　やっぱり娘《むすめ》と同じで、意地悪なんだろうか？　ジェイドがああなったのも、お父さんのせいなのかも。だとしたら、それってジェイドの責任じゃないってこと？

「トランスジェンダーって言葉、知ってる？」気がついたら、言葉が口から飛び出していた。あわててまわりを見回して、ダンテや友だちが聞いてなかったかどうか確かめたけど、音楽がものすごい音量でかかっているから、たぶん大丈夫《だいじょうぶ》だろう。それからまたジェイコブのほうに向き直って、笑《え》みを作ろうとした。今のは、ありふれたごくふつうの質問だって感じで。

「男が女みたいなかっこうをすることだっけ？　テレビに出てる人みたいな？」

なにも答えずに、お皿の上のパンくずを見つめた。最低最悪。どうしてこんなこと、言っちゃったんだろう。

「どうして？　リヴ、大丈夫《だいじょうぶ》？　どういうこと？」

お皿を見つめたまま、言った。「そういうことじゃないよ。ある人が、外から見たその人と内面のその人が合ってないって感じるとか、そういうふうなこと。少なくとも、一部の人にはそういうことなんだけど、人によってちがってるから……とにかく、うまく説明できないんだけど、つまり、相手の外側を見て、男の子だと思ったとして、でも、その相手は、内面の自分は女の子だってわかってる、とか。逆に……」

ジェイコブはこっちに身を乗り出して、小さな声でくり返した。「逆に？」

もう引き返せない。とうとう本当に打ち明けるんだ。意識してないうちに、この瞬間《しゅんかん》はひたひたと近づいていたってこと。でも、心の準備はできていた。少なくとも、ある程度は。「逆に、相手のことを見て女の子だと思うけど、それはその人の本当の姿じゃない、とか」

ジェイコブはなにも言わなかった。長すぎる沈黙《ちんもく》が続き、ついに顔をあげざるをえなくなった。ジェイコブはじっとこっちを見つめていた。その顔に浮《う》かんだ表情から、今の話がどういうことなのか、わかってるってわかる。次のひと言を待ってるんだ。だから、言った。「それで、たぶん……たぶんじゃなくて、まちがいなく、自分はトランスジェンダーだと思う」

顔をあげられそうもなかったけど、ジェイコブの顔を見なきゃ。ジェイコブの反応をこの目で確かめないと。最初の数秒の反応は、本当の気持ちを隠《かく》せないものだから。

ジェイコブの表情は変わらなかった。そう、ぜんぜん。そして、うなずいて、「わかった」って言った。

笑ったり、気持ち悪そうな顔をしたり、困ったような表情や気まずそうなようすも見せなかった。ただ、そう……ただいつものジェイコブの顔をしていた。

どう考えたらいいかよくわからなくて、思わず笑った。「『わかった』？　それだけ？」

ジェイコブは肩《かた》をすくめた。「ほかになんて言ってほしいわけ？」

「わかんないよ！　こんなこと聞いて、ジェイコブは……ビビらないの？」

「ビビったほうがいい？」ジェイコブはにっこりした。

「やだよ！」

「なら、これでいいじゃん」そして、あんまり見つめられていたせいか、ジェイコブは言った。

「おまえはおれの友だちだろ。それだけわかってれば、おれはいいから」

「うん」ささやくように答える。

「リヴが今、言ったことをどうでもいいと思ってるとか、思わないでよ。ちゃんと心に留めてる。だけど、そのせいでなにかが変わるわけじゃない。おれたちは友だちのままじゃん？　悪の力と服装規定と闘《たたか》うんだもんな？」ジェイコブは、例の、一発でどんなトラブルからも抜《ぬ》け出せる笑《え》みを浮《う》かべた。

笑い返して、「だね」って言った。目には涙《なみだ》が浮《う》かんでたけど。うれし涙《なみだ》が。

つまり、こういうこと。ジェイコブに本当のことを話した。そして、それはうまくいった。ほっとしたから涙《なみだ》が出たんだと思う、たぶん。そしたら、ジェイコブはちょっと照れくさそうな顔をした。そりゃそうだよね。自分だって、目の前で泣かれたりしたら、どうしたらいいのかわからない。幸い、顔が真っ赤になったり鼻水を垂らしたりする前になんとか涙《なみだ》を引っこめることができた。

そして、コホンと咳払《せきばら》いして、言った。「じゃ、この話はすんだってことで……ジェイコブのぶんのサンドイッチも、もらっていい？」

24

両肩《りょうかた》から重しが取りのぞかれたような気持ちで〈モンティーズ〉から家へ帰った。こんなふうにうまく運んだことが信じられない。ジェイコブがあんなふうに受け止めてくれたことも。パンツ・プロジェクトが成功するよう、いっそう努力しようとまで言ってくれたのだ。

別れぎわに、ほかにもリヴがトランスジェンダーだってこと、知ってる人はいるの？　ってきかれた。ううん、って答えたら、それ以上はなにも言わずに、そのことについて話したくなったら、自分に話せばいいとだけ言ってくれた。「ぜんぶ理解できるかはわからないし、まちがったことも言っちゃうかもしれないけど、聞くことはできるって約束できる」

自分でも信じられないくらい、心の底からほっとした。ついに話したんだ。ガリバルディ以外の相手に（ガリにはずっと前に話した。耳元でこっそりささやいたんだけど、反応は、ジェイコブと同じ最高レベルだったって言ってもいい。すごい勢いであくびしたんだよね）。

スキップっていってもいいくらいの足取りで家へ向かっていて（ちなみに、こんなことはふだんなにがあってもぜったいにしない）、ふと、ぜんぶ解決なんて状況《じょうきょう》じゃないことを思い出した。ジェイドの言葉がまた頭の中で響《ひび》く。保護者会まであと一週間もないのだ。

母さんとマンマが学校にきて、ジェイドにじろじろ見られたり、最低なことを言われたりするところが浮《う》かんできて、胃がムカムカした。それに、ジェイドのお父さんまでなにか言ったら？ ぜったい嫌《いや》。あいつらが母さんたちにひどいことをしたらと思うと……。

ぜったいにそんなこと、させない。マンマたちをそんな立場に立たせたりしない。

母さんとマンマを保護者会にこさせるわけにはいかない。

でも、もうお知らせはきてしまっている。キッチンのカレンダーにも、母さんの殴《なぐ》り書きみたいな紫《むらさき》色の字ですでに書きこんであった。だから、取り消しにする方法を探さないと。

二人に保護者会にきてほしくないいちばんの理由はこういうこと。母さんとマンマのことを守りたいから。二人とも、バンクリッジ中学はなんの問題もなくて、すべてがうまくいってるって思ってる。意地悪なことを言われたりしたのも今ではおさまってるって聞いてたのに、それがうそだってわかったら、二人ともショックを受けるにちがいない。

でも、わかってる。自分の心に本当に正直になるなら、理由はそれだけじゃない。母さんとマンマのことを恥《は》ずかしく思ってるとか、二人といっしょにいるところを見られるのが嫌《いや》だとか、そんなんじゃない。でも、もういじめの標的になるのはうんざりなのだ。これまでいろんな意地悪に立ち向かったり無視したりしてきたけど、正直そんなの楽しいわけないし、それが毎日となると、なおさらだ。特に最低なのが更衣室《こういしつ》だった。たいていはみんながくる前に着替《きが》えられるけど、たまに前の授業で先生に居残りさせられたりすると、悪夢のただ中に突《つ》っこまれることになる。

先週、チェルシアがジェイドにわざと大きな声で、リヴのパンツの前が膨《ふく》らんでたって言った（ほんとにそうだったらいいのに！）。チェルシアがうそをついたこと自体は、どうでもいい。人は信じたいことを信じるし、案《あん》の定《じょう》ジェイドはそのうそに飛びついた。体育館へいきがてら、チェルシアとメイジーにこう言ったのだ。「本物の男子がいっしょっていうなら、まだいいのよ。だけど、ヘンタイはヘンタイ用の更衣室《こういしつ》で着替《きが》えてほしいわよねえ」

唯一《ゆいいつ》のなぐさめは、メイジーが笑わなかったことだ。メイジーは顔をゆがめて首をふった。でも、ジェイドはとっくにいってしまっていたから、気づいたわけじゃなかった。

笑えるとしたら、こればっかりはジェイドの意見に賛成ってこと。本当に自分だけの着替《きが》えスペースがあったらいいのに。もしかしたら、いつかそうなるかもしれない。母さんたちが、学校に本当のことを話してくれたら。もちろん、まず母さんたちに話さなきゃ、そもそもなにも始まらないわけだけど。

もっと学校での自分の立場を守るようにしなきゃならないのは、わかってた。ジェイドのいじめは、ひどくなる一方だ。この件に関しては、パンツ・プロジェクトはなんの役にも立たない。むしろ、ジェイドにかっこうのからかいのネタをやることになるだけだけど、自分にとってはとても大切なことだから、なによりも最優先させなきゃならない。プロジェクトがすっかり終わったら、ジェイドのことはどうにかしようと決意した。「どうにか」っていうのは、ジェイドを痛めつけてやるとか、そんなんじゃない。たしかに頭の中ではあれこれいろんな方法を思い巡《めぐ》らせてるけど、実際にはマクリーディ先生に相談するのがいいだろう。なんやかんや言って、バンクリッジは、「断固としていじめ反対」っていう校則をかかげてるんだから。だけど、先生たちに対処してもらうためには、どういう状況《じょうきょう》なのかだれかが報告する必要がある。どうやらその「だれか」の役を引き受けなきゃならないらしい。そんなことをしたら、ますます嫌《きら》われるのはわかってたけど、どっちにしろもうこれ以上、嫌《きら》われるなんてことはないだろうから。

「保護者会が延期になったんだ」なにげない口調で切り出した。

四人で、フクロウのドキュメンタリー番組を観《み》ていたときだった。エンツォは、フクロウが大好きで、とりわけ首を一八〇度回して、うしろのものが見られるのがたまらないって言ってる。むかしは、がんばれば、自分もできるようになるって信じきってたくらい。で、首を痛めて、お医者さんにいくはめになった。

切り出したときは、ソファーに、母さんとマンマに挟《はさ》まれてすわってた。エンツォはテレビの真ん前の床《ゆか》の上に陣取《じんど》ってる。テレビに集中したいときのエンツォの指定席だ。本人の主張によれば、テレビに近いほうが内容を覚えやすいらしい。まだ気づいてない人のために言っとくと、エンツォはどこかやられてる。マンマは、そういうのは「変わってる」って言うのよ、って言うけど、要は、やられてるっていうのを少しマシな言い方にしただけ。

母さんもマンマも、ちゃんと聞いてなかった。エンツォ並《な》みに、フクロウに魅《み》せられてるらしい。「え、なに？」母さんはきき返したけど、目は、巣でピィピィ鳴いてる羽の生えてない小さな赤ちゃんフクロウに釘付《くぎづ》けだ。

だからもう一度、保護者会の件をくり返した。

母さんもマンマもすぐに信じた。信じない理由なんてない。勉強のほうはどの科目も、すばらしいってほどじゃないにしろ、小学校のときよりはちゃんとやれているのは知っていたし。

「どうして延期になったの？　じゃあ、いつやることになったの？」

「静かにしてよ！　観《み》てるんだから！」エンツォが、おどろくほどフクロウに近い感じで首を回して言った。

マンマがリモコンの一時停止ボタンを押《お》し、エンツォはオレンジジュースを注ぎにいった。

マンマの質問の答えは用意してあった。リンチ校長が地域の優秀《ゆうしゅう》校長賞とかいう賞にノミネートされたんだけど、授賞式が保護者会の日と重なっちゃったんだ、って。もしリンチ校長が受賞すれば、学校のいい宣伝になるから、保護者会を延期したほうがいいだろうってことになった、と説明した。これが思いつくかぎりいちばんいいうそだったから。でも本当は、リンチ校長がそもそも保護者会に出席するかどうかさえ知らなかった。マンマたちには、一週間先に延期されたということにした。二人が一週間後の夜にきて、学校が閉まってるのを見たときの対処方法は、まだなにも思いついていなかった。それはまた、そのときに考えればいい。今は、ほかに考えなきゃいけないことがたくさんあって、しかもどれも一刻の猶予《ゆうよ》もないものばかりなんだから。

とりあえずこれで解決したと思ってソファに寄りかかり、またフクロウの続きを観《み》はじめた。そしたら、母さんが言った。「メール連絡《れんらく》がこないなんてへんね。こういうことについては、学校は連絡《れんらく》すべきじゃないの？」

足をすくわれた気分だった（って、実際にはすわってたから、おしりをすくわれたって感じ？）。「サーバーがダウンしたんだって」

サーバーっていうのがなにかも知らなかったし、それがダウンしたっていうのが実際にはどういうことかなんて、ぜんぜんわかってなかった。でも、なんと母さんは信じたのだ！ 黙《だま》ってうなずいて、テクノロジーっていうのは役に立つより面倒《めんどう》なことのほうが多いのよとかなんとかブツブツ言っただけだった。

そのあと、フクロウ番組にはちっとも集中できなかった。血まみれの狩《か》りの場面すら、ぜんぜんだめ。母さんとマンマがうそを信じて、ジェイド・エヴァンスにひどいことを言われる可能性がなくなったことで、ほっとしてはいた。でも、心の一部がチクチクと痛んだ――痛くてしょうがなかった。マンマたちにうそをついてしまったのだ。
あんなにすらすらうそがつけるなんて、どこかちがうって感じがした。

いつも寝《ね》る前に髪《かみ》をとかすことにしてる。おばあちゃんは、子どものころ、お母さんに一〇〇回とかしてから寝《ね》るようにって言われたそうだ（この話をしたとき、〈昔話ペナルティボックス〉に一ドルを入れるはめになった）。今じゃもう、見張ってるお母さんはいないけど、あいかわらず毎晩、一〇〇回とかしてるらしい。その話を聞いて、自分もやりはじめた。三日を過ぎたころから、回数はだんだんへっていったけど、今もまだ、なんとか守ろうとしてる。っていったって、ぞんざいに数回とかすだけのときもあるけど。ここまで短くしてると、一〇〇回もとかす必要はないし。

母さんたちにうそをついた夜、三回髪《かみ》をとかしたところで手を止め、鏡の中の自分をじっと見つめた。九歳《さい》のときにおばあちゃんがくれた薄《うす》ピンクの鏡台で、ハート型の鏡がついてる。言うまでもなく史上最悪のプレゼントだったけど、おばあちゃんには気に入ったって言った。で、すぐさま、改造に取りかかった。今では、かなりいい線までいってる。表面を、全面シールで埋《う》めつくしたんだ（恐竜《きょうりゅう》シール、宇宙シール、スーパーヒーローシール）。マンマは、アート・ギャラリーで売れるわよって言ってくれてる。おばあちゃんは許せないって怒《おこ》ったけど、母さんは、ちょっとばかりリヴらしくしようとしただけよ、ってかばってくれた。別にピンクが嫌《きら》いってわけじゃない。母さんたちには、それが理由ってことにしといたけど、小さいころなんて、むしろピンクのものが大好きだった。でも、そのうち暗黙《あんもく》のルールがあることに気づいた。ピンクのものは女の子用で、ブルーのものは男の子用っていうルールが。色はただの色じゃない。なにかしらを象徴《しょうちょう》してるのだ。

鏡に映った自分を見つめる。幸せそうには見えなかった。

この何ヶ月間で初めて、ちゃんと自分の顔を見た。すみずみまでじっと見つめる。みんながあんなに嫌《きら》うのは、この顔のどこのせいなんだろう？

ミュータント。ヘンタイ。男女《おとこおんな》。

客観的になろうとする。そうすれば、みんなが見ているものが見えるかもしれない。通りの向こうから、この鏡の中の子が歩いてくるのを見たら、なんて思う？

でも、うまくいかなかった。見えるのは、あくまでリヴ・スパークだけ。自分のありのままの姿に、かすかなぎこちなさと違和感《いわかん》を抱《かか》えている子。

もちろん自分の外見が最高だとか思ってるわけじゃない。特に、最近はからだが変化してきたし。だけど、ヘンタイなんかじゃない。

ただの一人の人間だ。それのなにが、そんなにおかしいわけ？

25

土曜日は、マンマとエンツォと映画にいく日だ。今、死ぬほど観《み》たい映画が少なくとも三本あるけど、今日はエンツォが選ぶ番だった。エンツォが二階から降りてきた姿を見て、どんな映画を観《み》ようとしてるかはすぐにわかったけど、すかさず端《はし》っこへ引っぱっていって、今日はマンマに選んでもらうことにしようって言った。マンマはお父さんの病気のことで落ちこんでるからって。そうすれば、少しはマンマの気分を明るくできるかもしれない。

マンマに言ったとき、一瞬《いっしゅん》、泣き出すんじゃないかと思った。みるみる目に涙《なみだ》が湧《わ》きあがってくるのがわかったけど、なんとかこぼれずにすんだ。マンマはにっこり笑って、エンツォといっしょにぎゅうっと抱《だ》きしめてくれた。ハグって言うより、ヘッドロックみたいだったけど。「二人とも、本当に最高の子どもたちよ。わかってる？」

「でも、どっちが本物の最高？　最高っていうのは、一人だけのはずだよ」出た、エンツォ発言。

マンマは両手をあげた。「選べないわ。引き分けよ。いいところをついてたけどね」

エンツォはなにか言おうとして口を開いたけど、先に割りこんだ。「もちろん、答えは『リヴが最高』に決まってるし。マンマはやさしくて言えないだけだよ。リヴがいちばんで、オリジナルで、最高！　はい、エンツォの負け！」

エンツォとキッチンのテーブルのまわりをぐるぐる追いかけっこしてると、ガリがどうかなったみたいにワンワン吠《ほ》え、マンマはケラケラ笑った。その横で母さんが車のキーをつかんで、静かにして！　とかなんとかどなりながら玄関《げんかん》から出ていった。

マンマが選んだのは、オエッて感じの映画だった。母親が二人いる家族の話。超退屈《ちょうたいくつ》。でも、どうしてこの映画を選んだかは、わかってる。うちみたいな家族の出てくる映画やテレビ番組はめったにないから。でも、だからって、二時間もおもしろくもないジョークを聞きながらすわってなきゃいけないなんて。しかも、どうせ、あと三〇分ってところで危機がおとずれて、最後の最後で奇跡的《きせきてき》に解決されて、お涙《なみだ》ちょうだいのエンディングを迎《むか》えるのはみえみえなのに。

マンマは出かける前、エンツォに着替《きが》えたいかどうかきいたけど、エンツォは自分の服を見下ろしてにんまりと笑い、このままでいいと言った。

「すてきよ」マンマは言った。マンマも、エンツォの変人ぶりにはもう慣れてるから。

指をさしてくる子もいたし、笑う子もいた。大人のカップルが笑って肘《ひじ》で突《つ》つき合ってるのだって、本人たちは気づかれないようにやってるつもりみたいだったけど、もちろん気づいてた。一人残らず、にらみつけてやった。

映画館の入り口で並んでると、小さい子が、小さい子らしく隠《かく》そうともせずにあんぐりと口を開けてエンツォを見た。あんまり大口を開けてるので、テニスボールを投げたら、すっぽり入りそうなくらい。つかつか近寄っていって、その子のお父さんに礼儀《れいぎ》ってものを教えたらって言ってやろうとしたとき、ふとエンツォを見たら、その子に向かってにこにこほほえんでいた。そしたら、その子も笑い返したので、エンツォは腰《こし》に手を当て胸をぐっと張って「スーパーマン!」って叫《さけ》んだ。そしたら、子どもがキャアキャア笑ったので、エンツォも笑ってゆうゆうとその場をあとにした。

そういうこと。つまり、わが弟はスーパーマンのかっこうをしてるわけ。しかも、ふつうのスーパーマンじゃない。だって、本物のスーパーマンの衣装《いしょう》なんて持ってないし。ぼろぼろのスニーカーに、スーパーマンのソックスを膝《ひざ》まで引っぱりあげてはいてる。ソックスには小さな赤いマントがついてて、走るとうしろにたなびくようになってる。で、今の季節にはどう考えても寒すぎる青い半ズボンをはいて、その上から色褪《いろあ》せた赤いパンツを重ねばきしてた。極《きわ》めつけはスーパーマンのパジャマのシャツ。きつすぎて、お腹《なか》が丸見えだ。

そんなエンツォをみっともないって思ってる人は、もちろんいた。でも、本当のこと言って、ちっともみっともなくなかった。むしろかっこよかったし、弟のことをかっこいいなんて思ったのは、これが初めてだ。服がじゃない。ほかの人にどう思われてるか、ぜんぜん気にしてないからだ。エンツォはあの服を着て満足している。スーパーヒーローそっくりとは言えないけど、本人はすっかりその気なのだ。

ひどい映画がますますひどくなっていくあいだ、そのことばかり考えてた。エンツォのことが誇《ほこ》らしかった。人に指をさされても、笑われても、じろじろ見られても、ちっとも気にしてない。なぜなら、自分自身はそのかっこうで快適だから。満足してるんだ。エンツォにとって大切なのは、そこなのだ。

もしかしたら弟から学べることがあるのかも。

そろそろ〈パンツ・プロジェクト〉も次の段階へ進めるときだ。

でも、一人じゃ無理だ。そう思ったら、不安になった。あてにするのは自分だけっていうほうが楽だ。自分のことは信用できるから。でも、これだけは言える。ジェイコブも信用できる。秘密を打ち明けてからも、二人の関係は意外なほど変わらなかった。あのあとも、そのことについて何度か話した。ジェイコブはじっくりと耳を傾《かたむ》けてくれた。いくつか質問もした。

問い：どうしてそうだってわかったの？

答：ただわかった。

問い：このあとはどうなるんだろう、つまり……？（そう言って、ジェイコブは言葉を途切《とぎ》らせると、気まずそうに両手で胸の形をなぞってみせた）。

この質問は、答えるのが難しかった。そういうことについて考える心の準備はまだできていなかったから。

映画館を出るとすぐに、考えたことをジェイコブにメッセージで送った。すぐに返事がきた。

〈**すごくいいと思う。おれも入れて**〉

それから数秒後に、もうひとつ、きた。〈**いつやる？**〉

少し考えてから、答えを打った。〈まだわからない。ミゲルたちは協力してくれると思う？〉

〈きいてみるよ〉そして、そろそろ家に着くというときに、ジェイコブからまたメッセージがきた。全部大文字で。〈ＯＫです、キャプテン〉

〈大文字で打つと、どなってる設定だってわかってる？(^o^)〉

ジェイコブの返信は、ぜんぜん意味のわからない絵文字の羅列《られつ》だった。

これであとは、いつ計画を実行に移すかを決めるだけになった。

26

「早くそんときのリンチの顔が見てえ！」月曜日の休み時間、ミゲルは叫《さけ》んだ。「やつのおでこにさ、ミミズみたいな血管があるだろ？　あれが、怒《おこ》ると浮《う》き出るんだよ。今回ので破裂《はれつ》するかも！」

それで、血管は本当に破裂《はれつ》するのかどうかって話になって、みんな、実際にそんなことになったらぐちゃぐちゃで汚《きたな》いとか、そんなことを言い合った。

叱《しか》られることになるかもって指摘《してき》したのは、サヴだけだったけど、別にそう言ったからって気にしてるようすはなかった。サヴは今学期だけで少なくとももう三回は校長室に呼び出されてる。

ジェイコブに署名運動のようすをきかれた。「まだ続けたほうがいいかな？」

「ううん、署名運動は暗礁《あんしょう》に乗りあげてるから」

「今度の計画のほうが、署名運動よりずっとおもしろいよ。直接行動ってやつだからな」ミゲルはもっともらしく言った。

「じゃ、いつやる？」ジェイコブがきいた。

「来週とか？　それとも、再来週？」

「なんで先延ばしにすんの？」

たしかにそのとおりだった。たぶん怖《こわ》かったんだと思う。もちろん、男子たちの前でそんなことを認める気はなかったけど。でも、これが最後の手段なのだ。これがだめなら、もう方法はない。高校までずっとスカートをはくしかなくなる。考えるだけで耐《た》えられなかった。少なくとも今はまだ、リンチ校長の考えを変えさせられるかもしれないっていう希望がある。でも、もしうまくいかなかったら？　希望が失われてしまったら、そのあとどうやっていけばいいんだろう？

「考えると、悲劇よねえ」ジェイドが言った。運悪く、ランチの列でジェイドのすぐうしろになってしまったのだ。タコスの日はいつも、すごく長い列ができる。ジェイコブたちはすでに席についていてタコスをほおばっていた。

「なにが悲劇なの？」数秒まがあいたあと、メイジーがきいた。

「彼女《かのじょ》よ」

つまり、今回はめずらしくターゲットは別にいるらしい。じゃなかったら、「彼女《かのじょ》」って言葉を使うはずないからだ。あごに入っていた力が抜《ぬ》け、今日の最重要の決定をくだすことに集中しようとした。ビーフにするか、チキンにするか。

「ネズミのメルツァーに友だちがいないなんて、悲しいことだと思わない？　だって、一人もいないのよ」

ジェイドの肩越《かたご》しに前を見ると、思ったとおりジェイドの前にマリオンがいた。ふり返りはしなかったけど、聞こえてるのはまちがいない。肩《かた》がこわばってる感じから、わかる。

「ミュータントですら、ランチをいっしょに食べる相手がいるっていうのにねえ」

うしろにいるのを気づかれたらしい。二人同時に意地悪できるチャンスを逃《のが》すわけないってこと。黙《だま》ってひたすら空のトレイを見つめる。メイジーの笑い声は聞こえなかったけど、だからって笑ってないってことにはならない。

そのへんでやめるだろうと思ったけど、少し経《た》ってからまたジェイドは言った。「だけどメルツァー、まじめな話、あんたみたいにみじめなやつ、初めて会ったわよ。あのミュータントよりも友だちがいないって、どういう気分？」

マリオンはそれでもふり返らなかった。カフェテリアのおばさんから、タコスが三つのったお皿を受けとると、テーブルのほうへ歩いていってしまった。

反応が得られなくて、つまらなかったんだろう。ジェイドはくるっとこっちを向いて言った。

「なにか用、ヘンタイ？」

無視して、カフェテリアのおばさんに向かって言う。「ビーフください」

「ちょっと、あんたに話してんのよ！」

「今日は、お忙《いそが》しいですか？」なおもおばさんに話しかける。いちばん好きなおばさんだ。いつも少し多めにサービスしてくれる。

おばさんとしゃべってるあいだ、ジェイドが氷のような目でにらみつけているのを感じていた。でも、三〇秒くらいすると、向こうへ歩いていった。

無視してやるって、こんなにいい気分なんだ！

フルーツと水を取ると、ジェイコブたちがすわってるテーブルに向かって歩きだした。でも、ふと足を止めて、向きを変えた。

マリオンは隅《すみ》のテーブルに独《ひと》りですわっていた。ジェイドとチェルシアとメイジーは、目立つ子たちがすわってるテーブルに向かってる。そういうこと。いつまでも、変わりはしない。ただし……。

男子たちのテーブルへはいかずに、ジェイドのうしろを通った。そのときに肘《ひじ》でジェイドをちょっと押《お》したかも。で、ジェイドはほんの少しジュースをこぼしたかも（そういうこと。もちろん「かも」なんかじゃなくて、確信犯）。

そして、まっすぐマリオンのところへいって、正面にすわった。

マリオンは顔をあげなかった。タコスの皮を小さく裂《さ》いて口に入れてる。やわらかい皮を食べるのに、あまりいい方法とは言えない。たしかにちょっとネズミっぽいかも。でも、そんなことを言いにきたんじゃない。

「月曜のメニューをタコスにするって、週の初めを少しでもマシにしようってことかな？」最初にぱっと頭に浮《う》かんだことを言って、大口を開けてタコスにかぶりついた。なるべく三口で食べるのが好きだから。

「なに？」マリオンは顔をあげた。

口の中がいっぱいでしゃべれないときによくやる、へんなジェスチャーをしてしまった。中途《ちゅうと》半端《はんぱ》に手をひらひらさせるやつ。

そして、口いっぱいのタコスをようやく飲みこむと、同じセリフをくり返した。

マリオンは肩《かた》をすくめた。「タコスは嫌《きら》いなの」

「あ、そうなんだ」

「で、どうしてここにすわってんの？」マリオンの声には挑《いど》むような調子があった。目に、見たことがないような冷ややかな表情が浮《う》かんでる。

「ちょっと変化をつけてみようかなと思って」マリオンが特に反応しないので、今度はこう言った。「ジェイドってバカだよね。無視してやればいいんだよ」

「無視してるわよ。そっちこそ、自分のアドバイスを実行したほうがいいんじゃないの？」

うっ。なんて言えばいいかわからなくなって、食べることに集中した。

「ジェイドへの当てつけでやってるんなら、やめてほしいんだけど」そう言われて、ジェイドのほうを見ると、すわったままこっちへからだを向けてじっとようすをうかがってる。

「あんなやつのことなんて、なにがあったって気にしない。ゾンビだらけの世界の真ん中に放りこまれて、一五〇キロ四方にいる最後の人間がジェイドだとしたら、むしろゾンビになったほうがマシ。そしたら、ジェイドのことを狩《か》ってやれるし」さらに考えて、付け加えた。「ジェイドの脳みそを食べると思うとオエッだけど」

マリオンはぽかんとこっちを見ていた。もしかしたら、ゾンビの話なんてしたことないのかも。っていうか、おしゃべり自体しないのかも。すると、マリオンの顔にかすかな笑《え》みが浮《う》かんだ。そして、マリオンは言った。「ジェイドの脳みそに栄養があるとは思えないしね」

思わず笑った。声をあげて。そしたら、マリオンも笑いだした。ちらりとジェイドのほうを見たら、ますます笑いが止まらなくなった。ジェイドはこっちをにらみつけていたけど、かまわずマリオンと二人で笑って笑って笑いつづけた。しかも、マリオンの笑い方ってすごくへん。笑いながらフガッて鼻を鳴らすから、それでまた爆笑《ばくしょう》してしまう。

本当にゾンビの世界になったときのために、リュックに荷物を詰《つ》めてベッドの下に置いてるんだ、と、マリオンは言った。

笑いながら、首をふって言った。「マリオンがゾンビファンだったとは、知らなかったよ」

「知ってるわけないわよ。これまで、わたしにふた言以上、話しかけたことないじゃない」

思わずうつむいた。タコスへの食欲が——それを言うなら、食欲自体が一気に失《う》せた。恥《は》ずかしかった。スカートをはかなきゃいけないこととか、いじめられてることで、自分を哀《あわ》れむのにいっぱいいっぱいで、ほかにも嫌《いや》な思いをしてる人がいるかもしれないってことを完全に頭から追いやっていた。ジェイドの標的がたまにマリオンになることで、ひと息つけるのを喜んでたくらい。せこくて最低。自分のこと、こんな人間だと思ってなかった。こんな人間になりたくなかったのに。

「ごめん」

「なにが？」

「ほかのみんなと同じことして」そういうことだ、って言いながら思った。これが本当のことだって。

マリオンはほほえんだ。これって、許してもらえるってこと？

「例の署名運動はどう？」

「うーん、実はあんまりうまくいってない」

マリオンは眉《まゆ》をくいっとあげた。手伝うって言ったのを断られたことについて、ひと言言いたくてたまらないのがわかったけど、マリオンは言わないでくれた。

説明しようとしたとき、横にぬっと人が立った。「どうしたの？」ジェイコブは、世界でいちばん自然なことだって感じでマリオンの横にすわった。

「別に。リヴに署名運動のことを、きいてただけ」マリオンは、ジェイコブがいっしょにすわったことをおかしいともなんとも思ってないみたいだった。それに、ジェイコブと話すのに気後れしてるようすもぜんぜんない。

だから、決めた。本当は、最初にマリオンに手伝いたいって言われたときに決めなきゃいけなかったのに。男子がパンツ・プロジェクトの最終作戦を手伝ってくれるだけでもクールだけど、女子が加わってくれたら、なおいいに決まってる。だから、マリオンに計画のことを話して、手伝ってくれるかどうかたずねた。マリオンは目を輝《かがや》かせ、ゆっくりとうなずいた。

「それ、いいね。気に入った」

ジェイコブとハイタッチをし、それから、マリオンともハイタッチした。

「で、いつやるつもり？」こうして、マリオンも仲間に加わった。

27

マリオンに参加してもらうことにしたのは正解だった。ジェイコブと、いつ計画を実行に移すのがいちばんいいか相談していたときだ。ジェイコブは金曜日がいいと言ったけど、なんとなく月曜日のほうがいいような気がしていた。ところが、マリオンが両方だめだと言った。保護者会の前日にやるのがいいと言う。

「だけど、あと二日しかないじゃん！」って言うと、

「だから？」って返された。

「だって、ほら……用意が……みんなだって……わからない」

「保護者会の前にやれば、親たちが学校にきたときに、先生たちにプレッシャーをかけやすくなるでしょ。うちのお母さんも、服装規定はバカバカしいって思ってる。リヴのお母さんたちもそうでしょ」うちの親がそもそも保護者会にこないことは、話していなかった。「だいじなのは、

それまでに話が広がってるようにすることよ。ものごとには勢いが必要なのよ」

たしかにそのとおりだ。生徒だけじゃなくて、親からもプレッシャーをかけられれば、リンチ校長も動かざるをえなくなるはず。今回のことを大事《おおごと》にしなきゃいけないんだ。リンチ校長が無視できなくなるくらい。

閃《ひら》めいたのはそのときだった。「そうだ！」思わずげんこつでテーブルをたたいたので、マリオンとジェイコブは飛びあがった。

「なに？」ジェイコブがきいた。

秘密めいた笑《え》みを浮《う》かべてみせる。「ジェイコブのお父さん、水曜日はなにやってる？」

ジェイコブはめんくらった顔をした。「うちの父さんとどういう関係があるわけ？」

答えずに待つ。

「そうか」やっとジェイコブは言った。「そういうことか。リヴは悪のやっぱ天才だな。前から思ってたんだ！」

「だけど、いいことのために使ってるんだからね」笑いながら言う。

「よかったよ、そうしてくれて。まちがっても放射性廃棄物《はいきぶつ》ん中に落ちたりしないでくれよ。そのせいで超《ちょう》能力が生まれて、悪の帝王《ていおう》に生まれ変わったりしたら困るからな」

そのあと昼休みが終わるまで、三人でどのスーパーヒーローの超《ちょう》能力がいちばんイケてるかを議論した（もちろん、空を飛ぶ、透明《とうめい》人間になる、相手の考えを読める、の三つに決まってる！）。


母さんとマンマに今回の計画について話したらなんて言うか、ぜんぜんわからなかったけど、どっちにしろ話すつもりだった。ただでさえ、保護者会のことでうそをついているのに、これ以上うしろめたいことを増やしたくない。それに、今月のお小遣《こづか》いはすでにマンガを買うのに使ってしまっていたから、お金も借りなきゃならない。

その夜、おばあちゃんが夕食を食べにきたけど、おばあちゃんの前では言わないほうがいいことくらいわかっていた。おばあちゃんがわかってくれるわけないし、パンツ・プロジェクトなんて時間のむだだって、母さんたちに言われたら面倒《めんどう》なことになる。

夕食は、スローモーションみたいにのろのろと進んでいった。エンツォは飲みこむ前に二〇回は噛《か》んでるように思えるし、みんな、食べることは二の次でおしゃべりばっかり。こっちは五分きっかりで食べ終わって、そのあと一五分間、ずっとしゃっくりしてたっていうのに。

おばあちゃんが帰ったころには、だいぶ遅《おそ》くなっていた。おばあちゃんはマンマにイタリアの病気のお父さんのことで、えんえんと話をしていた。手遅《ており》れになる前にイタリアへいったほうがいいって、そればっかり。マンマはうなずきながら聞いてたけど、礼儀《れいぎ》でそうしてるのはわかった。マンマの気持ちはもう固まっていて、だれがなにを言っても変わらないだろう。

そしたら、次におばあちゃんは、エンツォの算数の宿題を手伝うって言いだした。ぜんぜん必要ないのに！　だって、エンツォは算数が得意なのだ。まるでおばあちゃんに帰ってほしいって思ってるのが、伝わっちゃってるみたい。

それでもようやくおばあちゃんが帰って、やっと母さんとマンマと話せるときがきた。なにげなく持ちかけることにして、キッチンで洗い物をしてるときにさりげなく切りだした。話を聞いた母さんは、大笑いして言った。「いいじゃない！」

マンマのほうは、そこまで簡単にはいかなかった。ところが、どうしたらいいかわからなくてぼーっとしていたら、母さんがマンマを説得しはじめた。ラッキー（それに意外）！　母さんは信じているもののために闘《たたか》うこと、それから平等ということについてとうとうと述べ、リヴのことを誇《ほこ》りに思うし、一〇〇パーセント、リヴを応援《おうえん》すると言った。母さんの話し方があまりにうまいので、よけいなことを言ってだいなしにしないよう黙《だま》って聞いていることにした。

「わかった、わかったわよ！　わたしだって、リヴのことは自慢《じまん》に思ってるわ。それはリヴだってわかってるでしょ？」マンマがきいたので、うなずいた。「ただ、バンクリッジで面倒《めんどう》なことに巻きこまれるんじゃないかって心配なだけ……小学校でもあんなことがあったし」マンマが言ったのは、例の事件のことだ。

だれかを殴《なぐ》るのと今回のことじゃ大違《おおちが》いだって言おうとしたとき、まさに母さんが言った。「それとこれとじゃ、大違《おおちが》いよ！　ね、わかってるでしょ、このことがリヴにとってどれだけ大切なことか。それに、どっちにしろ、あたしたちからも校長先生に話そうって言ってたじゃない。イタリアのお父……」母さんは顔をしかめた。母さんがなにを言おうとしたかはわかったけど、今の話にマンマのお父さんが亡《な》くなったときのことを持ちこむのはよくないって思ったんだとわかった。母さんはきゅっと目を細めて、マンマを見た。「だいたい、あんただって、学校では天使だったわけじゃないでしょうが」

母さんがなんのことを言ってるのか、知りたくて死にそうだったけど、今はそのときじゃない。

マンマはどっちに転ぶかわからない。たったひと言で、すべてだめになることもありえる。

マンマはこっちを見てから母さんを見て、またこっちを見た。まるでリアリティ番組の司会者が勝者を発表するときみたいに、なかなか答えようとしない。それから、ハアッとため息をついた。その瞬間《しゅんかん》、マンマの答えがわかった。

「わかったわ！」マンマは降参って感じで両手をあげた。

「やった！」大声を出すつもりはなかったけど、思わず叫《さけ》んでしまった。

エンツォがキッチンに駆《か》けこんできた。すぐうしろからガリも走ってきて、キッチンの床《ゆか》の上をつーっとすべって止まった。「なになに？　ディズニーワールドにいくことになった？」

「ちがうよ。それよりも、ずっとずっといいこと」そう言って、マンマに抱《だ》きついた。

「明日、学校のあとショッピングモールにいきましょ」エンツォが母さんを質問攻《ぜ》めにしているあいだ、マンマがこっそりと言った。

これで、公《おおやけ》に認められた。やっぱり母さんとマンマは最高。

28

火曜日のランチの時間、マリオンも男子たちのテーブルにきて、作戦会議を開いた。っていっても、話し合わなきゃならないような作戦はたいしてなかった。計画はごくごくシンプルだからだ。それでも、ぜんぶを書き出したり、別にいりもしない地図を描《か》いたりするのは、楽しかった。マリオンなんて合い言葉まで考え出したけど、ここには書けない。極秘事項《ごくひじこう》だから。

学校が終わると、マンマが迎《むか》えにきて、ミッションを果たすためショッピングモールへ向かった。ミッションは五分もかからずに完了《かんりょう》したので、マンマは前に見たワンピースを試着しにちょっと寄り道してもいいかしらと言った。ふだんだったら、マンマに連れていかれたような店に長時間いるなんてぜったいお断りなんだけど、今日はお返しにそのくらいがまんすべきなのはわかっていた。

マンマが更衣室《こういしつ》で試着してるあいだ、なんとなく女性物の売り場をうろうろしていた。ジェイドやチェルシアが着そうな服の横を通りすぎる。メイジーも着るかも。今じゃ、すっかり生まれ変わったから。

売り場の女の人が、なにかお探しですかって声をかけてきた。特になにかを探してるわけじゃないって答えたけど、なにも探してないってはっきり言えばよかったのだ。ただ時間をつぶしてるだけだから、ほっといてくださいって。

売り場の女の人は、歳《とし》は母さんやマンマと同じくらいだったけど、見かけがぜんぜんちがった。音楽PVから出てきたみたい。すごい厚化粧《あつげしょう》だけど、彼女《かのじょ》には似合ってた。唇《くちびる》は消防車みたいに真っ赤で、黒っぽいアイシャドウを塗《ぬ》ってる。ぐっと細めた目で上から下まで眺《なが》め回されて、逃《に》げ出したくなった。「ちょうどいい服があるわ。ふだんに着るような服じゃないけど、なにか特別な予定があるなら、ぴったりじゃないかしら。学校でダンスパーティがあるとか？」たしかに今学期末にダンスパーティがあるけど、もちろんいくつもりなんてない。

女の人は、ドレス売り場へ向かった。ドレス！　もし制服じゃなくて、いつもの服を着てたら、ドレスに興味があるタイプだなんて思われなかったのに。

女の人は、ラックからワンピースを取った。ちらちら光るシルバーのドレスで、丈《たけ》が短い。人魚の皮を剥《は》いだみたい。

「これなんてどう?」女の人に鏡の前まで連れていかれ、ワンピースを当てられた。ハンガーの金属の部分がのどに押《お》しあてられたせいで、人質に取られたような気がした。

鏡に映ったワンピースと、そのうしろの自分と、そのうしろの女の人を見た。

人生が安っぽい映画だったら、ここでぱっと明かりがついて、自分は本当はドレスが好きだったって目覚めることになるんだろう。シンデレラは舞踏会《ぶとうかい》(つまり、学期末のダンスパーティ)にいって、「自分は男だ」なんてバカバカしい考えは単なる思春期の妄想《もうそう》だったってことになるんだと思う。

でも、そうじゃなかった。鏡に映った自分をひと目見て、声を出して笑ってしまった。「ぜんぜんだめ」

「あら。でも、すてきよ。そう思わない?」

笑いを止めようとしたけど、女の人の顔に浮《う》かんだ表情を見たらますますおかしくなってしまった。これじゃ、ドレスじゃなくて彼女《かのじょ》を侮辱《ぶじょく》してるみたいになってしまう。深く息を吸いこんで、なんとか笑いを押《お》さえこんだ。「ごめんなさい」

「とてもすてきなドレスよ！　うちのロサンジェルス店でもいちばんの売れ行きなの」

女の人に悪いと思った。この人は、ただ手を貸してくれようとしてるだけなのに。「本当にすてきなドレスだと思います。でも、もっとほかに似合う人がいると思います」

「あなたにも似合うわ！　いいから、試着してみて。ぜったい後悔《こうかい》しないから」女の人は、まるで貴重な捧《ささ》げ物《もの》みたいにドレスを差し出した。

もう笑えなかった。「いえ、きっと後悔《こうかい》すると思います。ただ……とにかく、自分らしくないってことなんです」

女の人にお礼を言って、時間を取らせてごめんなさいって謝ってから、売り場をあとにした。

なんだかちがう人間になったような気分だった。強くなった気がしていた。

29

次の朝、玄関《げんかん》のドアを開けたジェイコブのお母さんは、満面に笑《え》みをたたえてはずむように言った。「わくわくするわね。今回のことを考えたのは、あなたなんですって？」

お母さんの着ているワン・ダイレクションのTシャツを誉《ほ》めてから、階段をのぼろうとして、もう少しで犬に蹴《け》つまずきそうになった。犬は礼儀《れいぎ》正しく尻尾《しっぽ》を床《ゆか》に打ちつけた。小さくて白くてふわふわしてる。ボブって感じには見えなかった。フィフィ・ピクルズとかハグハグとかそんな感じ。しゃがんで、耳のうしろをかいてやると、ごろんと仰向《あおむ》けになって、お腹《なか》をこっちへ向けた。中身はガリと同じってわけ。見た目で判断しちゃだめってこと。それは、だれよりもよくわかってる。

ジェイコブもマリオンもほかの子たちも、リビングルームにいた。ジェイコブがお姉さんのクロエに紹介《しょうかい》してくれた。ちょうど大学の休暇《きゅうか》で一週間、こっちにもどってきてるところなんだって。めちゃくちゃカッコいい。全身わざとミスマッチの服で決めていて、髪《かみ》は三色（ブロンドとピンクとブルー）に染めてある。専攻《せんこう》は化学だけど（うわ、退屈《たいくつ》そう！）、本当に好きなのはファッションで、ルームメイトの一人とファッションのブログをやっていた。さっそくスマホでみんなの写真を撮《と》って、ツイッターとインスタにあげると、五分も経《た》たないうちに二六回リツイートされ、一五回リグラムされた。みんなで家を出るときになっても、お姉さんはまだすごい勢いでスマホになにか打ちこんでいた。ジェイコブのお母さんはみんなを送り出すと、うしろから大きな声で「がんばってね！」と声をかけてくれた。

ジェイコブといっしょに先頭を歩きながら、エンツォが一生懸命《いっしょうけんめい》スケボーを練習している話をした。今度ジェイコブが夕食にきたらおどろかせるって言ってる。うしろでは、マリオンとミゲルが今年の科学フェアについてオタク談義をしてる。

みんな、いつもとなにも変わらないって感じで歩きつづけた。信号を待っていたら、おじいさんが足を止めて、こっちをじろじろ見た。そして、頭を横にふって、ぼそぼそとなにかつぶやくと、足を引きずるように通りすぎていった。ジェイコブと顔を見合わせて、プッと吹《ふ》き出した。

学校が近くなってくると、気づく人も多くなった。じろじろ見てくる人も増え、笑ってる人もいれば、声援《せいえん》を送ってくれる人もいる。バンクリッジの生徒たちが何人かうしろからくっついてきて、抗議《こうぎ》デモみたいになった。っていうか、これって実際、抗議《こうぎ》デモかも。

始業のベルの一〇分前に学校に着くように、あらかじめ時間を計っておいた。いちばん人が多い時間帯だ。数百人の生徒たちがどんどん校門をくぐってくる。都合のいいことに、校門は校長室の窓の真ん前だった。リンチ校長は窓辺に立って、遅刻者《ちこくしゃ》を見張るのがお気に入りだ。ほかにもっとやることがあるだろうって思うけど、そうでもないらしい。

校門に着くころには、すでにうわさが広まっていた。すごい人だかり。すぐにリンチ校長もなにかへんだと気づくにちがいない。いや、もう気づいてるかも。お腹《なか》のあたりがなんかふわふわして、落ち着かない。〈ハリボー〉印の酸《す》っぱいグミを三袋《ぶくろ》いっぺんに食べたみたい。

ジェイコブのお父さんはもうきていて、校門に寄りかかってコーヒーをすすっていた。たぶんジェイコブのお父さんでまちがいない。すごく大きい高級そうなカメラを首にかけてるから。横にノートを持った女の人がいて、校門をくぐっていく生徒たちを首を伸《の》ばして見ている。と、こっちに気づき、もうれつな勢いでなにかノートに書きはじめた。ジェイコブのお父さんはごみ箱にコーヒーの紙コップを捨てると、カメラを用意した。

ジェイコブがささやいた。「準備はいい？」そして、腕《うで》をこっちに突《つ》き出した。

うなずいて、腕《うで》を組む。「いくよ」

シャッター音が響《ひび》く中、みんなで正面入り口へ向かって歩きはじめる。

そして、階段のところで止まった。それがいいって、みんなに提案したのだ。そうすれば、写真に学校の名前がばっちり入るから。

ジェイコブとマリオンが左に、ミゲルとアレックスとサヴが右に立った。

こんなにきっちり制服を着たのは、今日が初めてだと思う。ネクタイはきゅっときつく結んであるし、シャツは少しもはみ出してないし、靴《くつ》はピカピカにみがかれてる。リンチ校長が朝礼で言ってる、まさにそのとおりのかっこうだ。どの生徒も「当校の評判を高める」よう努力しなければならない、っていつもうるさく言ってるから。今日はみんなそのまま、バンクリッジ中学のポスターに出られそうだ。

ただし、たったひとつだけ、ちがうところがあった。

今、はいてるのは真新しい黒いズボン。マリオンも同じ。

そして、ジェイコブとアレックスとサヴとミゲルは、スカートをはいていた。

30

とうとう自分らしい気持ちになれた。いつもよりピシッと制服を着こなしてるけど、まちがいなくこれがリヴ・スパーク。今朝、朝食に降りていったとき、エンツォは笑わなかったし、母さんは、家を出る前、写真を撮《と》ってくれた。始業式の日みたいに。でも、今回はぜんぜん嫌《いや》じゃなかった。母さんは何枚か写真を撮《と》り、二人で頭をくっつけ合うようにして一枚一枚見た。「すごくすてきよ」母さんはささやくように言ってくれた。今にも泣き出しそうな声で。うわ、やめてって思ったけど、母さんはなんとかこらえた。

ジェイコブは、クロエの古い制服のスカートをはいていた。ほかの男子たちが、どこから手に入れてきたのかはわからない。ジェイコブはタイツもはくつもりだったけど、前の晩、はいてみて、メッセージを送ってきた。〈なんだよ、これ！　脚《あし》が窒息《ちっそく》しそう！〉

返事を書いた。〈言わなくても、知ってる〉

写真を撮《と》ってるあいだに、まわりは黒山の人だかりになっていた。ほとんどの子がスマホを出して、パシャパシャ撮《と》っている。何人かの上級生がピューッと口笛を吹《ふ》いて、「脚《あし》がセクシーだぜ！」とかなんとか叫《さけ》んだけど、ジェイコブたちは気にしてないみたいだった。でも、考えずにはいられなかった。男子たちは気にしないだろう。だって、今日だけのジョークなんだから。もちろん、正当な理由があってのことだけど、でも、みんなは笑えることだって思ってる。だけど、もし男子も毎日スカートをはかなきゃいけないとしたら？　それで、女子がうしろからついてきて、脚《あし》がどうの、おしりがどうのって言うのを、あしらわなきゃいけないとしたら？　そんなの、楽しいわけがない。嫌《いや》だって思うに決まってる。でも、女子は年がら年じゅう、そういうのをやりすごさなきゃならない。ジェイドやチェルシアみたいな、いわゆる人気のある女子だって、男子に外見のことであれこれ言われるたびにうまく受け流さなきゃならないのだ。ジェイドみたいな子たちは、注目されることを喜んでるみたいに見えるし、たいていはいい意味で注目されてるわけだけど、本当の本当にうれしいかどうかはわからないと思う。今日まで、こんなことはあまり考えたことはなかった。服装規定は、自分にとって不公平だって、そればっかり思ってた。でも、本当はだれにとっても不公平なんだ。

ジェイコブのブレザーのポケットでスマホが鳴った。ふだんはズボンのポケットに入れてるけど、今日は、スカートにポケットがないから（無条件にスカートよりズボンが優《すぐ》れている理由第142番）。ジェイコブは画面を見て、声をあげて笑った。「姉貴からだ。インスタとツイッターにおれたちの画像があふれてるらしい！　ハッシュタグまで付けてる！」

ノートを持った女の人が、前へ進みでた。「ガゼット新聞のアニー・ローレンスです。今日のこの行動について、少しお話ししてもらえませんか？」

昨日の夜、洗面所の鏡の前で短いスピーチの練習をしておいた。正しい言葉でちゃんと説明する必要があるから。「これは、バンクリッジ中学の時代遅《じだいおく》れで、男女差別的な服装規定に対する抗議《こうぎ》行動――」

「いったいなにごとだ？」

31

みんながいっせいにふり向くと、リンチ校長が腰《こし》に手を当てて立っていた。かんかんに怒《おこ》っている。真っ赤な顔に、とんがった白い鼻先だけが目立ってる。おでこの血管がドクドク脈打ってるのは、予想どおり。

パシャ、パシャ、パシャ。

完璧《かんぺき》な構図の写真。正面玄関《げんかん》にかかげられたバンクリッジ中学の校名の下に立ってるリンチ校長は、マンガに出てくる頭から湯気を出してる校長先生そのものだ。で、その数段下に、カメラに背を向けて六人の生徒が立っている。カメラはスカートとズボンをばっちりとらえてるはず。

アニー・ローレンスはチャンスを逃《のが》さなかった。「リンチ校長、今回の生徒たちの抗議《こうぎ》行動に対して、コメントをいただけますか?」

「抗議《こうぎ》行動? こんなのは、抗議《こうぎ》行動じゃない! これは……こんなのは、ただのバカげた遊びだ！」そして、生徒たちを（っていうか、真ん中に立っている、このリヴ・スパークを）指さした。「中へ入れ。今すぐだ！」

だれも動かなかった。

「リンチ校長、校長はバンクリッジ中学がこの地域で唯一《ゆいいつ》、女子にスカートを強制している学校だということにはお気づきですよね？」

「だれにもなにも強制なんかしていない。これは、単なる――」校長はぱっと口を閉じた。こっちとちがって、リンチ校長には言うことを準備する時間はなかった。校長はまわりを見回し、集まっている子たちの少なくとも半分はスマホをかかげて、校長の動画を撮《と》っているのに気づいた。ジェイコブのお父さんはあいかわらずパシャパシャ写真を撮《と》りまくっている。リンチ校長は新聞記者に向かってにっこりほほえんだけど、作り笑いなのは一目瞭然《いちもくりょうぜん》だった。「この件は校長室でお話ししませんか？」

アニーはほほえみ返した。アニーの笑《え》みは本物だった。「いいえ、けっこうです。この場でお話しいただきたいんです。それで、さっきおっしゃったことですが……？　女子にスカートをはくよう、強制なさってはいないということですか？　なら、ここにいる女生徒のスパークさんは、ズボンをはく権利があるということですね？」女生徒と呼ばれたのは気に入らなかったけど、アニーは知らないんだからしかたない。

リンチ校長はコホンと咳払《せきばら》いをした。それからもう一回。さらにもう一回。おでこから大粒《おおつぶ》の汗《あせ》がしたたり落ち、校長はそれをハンカチでぬぐった。

スローガンの連呼が始まったのは、そのときだった。だれが始めたのかはわからないけど、それはあっという間に広まった。スローガン自体はさえてるわけでもオリジナリティがあるわけでもなかったけど、効き目はじゅうぶんだった。「ズボン！　ズボン！　ズボン！　ズボン！」みるみるうちに、耳をつんざくような大合唱になった。あっけに取られてジェイコブと顔を見合わせる。署名を拒否《きょひ》した子や、笑ったり、廊下《ろうか》でひどいことを言ってきた子の顔も見える。全員が「ズボン！　ズボン！」と叫《さけ》んでいた。

集まった子たちのうしろに、ブロンドの頭が三つ見えた。そのうちひとつは、あとのふたつからちょっと離《はな》れたところに立っている。メイジーはみんなといっしょに叫《さけ》んでいた。ジェイドとチェルシアはものすごい目でにらみつけていたけど、メイジーはかまわず連呼してる。

こうなったら、もうどうにも押《お》さえきれない。リンチ校長はなにもしないわけにはいかなくなり、大きな声でどなった。「静かになさい！」こんな大きな声を聞くのは初めてかも。校長を決めるのに、声の大きさのテストがあるとか？

たちまち連呼の声はやんだ。パンツ・プロジェクトを応援《おうえん》してるふりをするのはいいけど、そのせいで居残りになるのはお断りってこと。リンチ校長はふたたび笑顔《えがお》を作ろうとした。今回のは、さっきよりちょっとだけマシ。そして、こっちにくると、ジェイコブを追いはらってとなりに立った。「さて、さっきから言っているとおり……何週間か前、オリヴィアがわたしのところへ相談しにきて以来、この件についてはずっと考えてきました。平等と公平性は、常日頃《つねひごろ》、真剣《しんけん》に考えているテーマですからね。とうぜんのことです。実際、今、その……じゃまが入るまで、ちょうど次のPTA総会に向けた議題を作成していたところなのです」

「つまり、服装規定を変更《へんこう》するということですか？」

リンチ校長は両手をあげた。「約束はしていません。一週間後の木曜に投票をすることになります。しかし、関係者一同にとっていい結果が出るだろうと言ってまちがいないでしょう」

みんなは歓声《かんせい》をあげた。でも、いっしょになって喜ぶ気にはなれなかった。今の発言だけじゃ、なにもわからない。もしかしたらうそをついてるかもしれないし。記者の前でバカを晒《さら》したくないだけかも。ガゼット紙の一面に、汗《あせ》だくになって怒《おこ》ってる自分の顔がのるのだけは、避《さ》けたいと思ってるはずだから。

そしたら、リンチ校長にポンと肩《かた》をたたかれた。「オリヴィアと友人たちに感謝したいと思います。つまり、その、非常に重要な問題にスポットライトを当ててくれたのですから。バンクリッジ中学の校長に任命されたとき、自分の使命として……」校長はとうとうと話しつづけた。

集まってた生徒たちは、だんだんと散りはじめた。だれも、こんなどうでもいい話は聞きたくない。そうじゃなくても、朝礼でさんざん聞かされてるんだから。

そのあと、リンチ校長といっしょに写真のポーズを取らされた。校長は真ん中に立って、今回のことは自分が計画したとでもいうみたいに満面に笑《え》みをたたえていた。ジェイコブのお父さんはバカバカしいと思ってるにちがいないけど、それでも何枚か写真を撮《と》った。少なくとも、写真を撮《と》ってるあいだは、校長もおしゃべりをやめるし。

「やったな」リンチ校長がアニー相手にしゃべりまくってる横で、ジェイコブがささやいた。

「とうとうやったんだ！」

「まだなにもやり遂《と》げてはいないよ。ＰＴＡの親たちが反対に投票するかもしれないし」

「ありえないって。明日の朝の新聞の記事を見たらね。明日の夜の保護者会までには、みんなこの話で持ちきりになるよ。リンチがあんなふうに態度を変えるってよくわかったな?」

答えられなかった。だって、わかってなかったから。ましてや校長が、いかにも最初から耳を傾《かたむ》けていたふりをするなんて予想すらしていなかった。

納得《なっとく》できない気持ちもあった。そもそもどうしてこんなに一生懸命《いっしょうけんめい》、女子もズボンをはけるようにキャンペーン活動をしていたか、本当の理由はだれも知らないんだから。でも、それはどうでもいい。なぜなら、だれでも自分の好きなものを着られるようになるべきだっていうことは、本気で信じてるから。男子だってスカートをはけるようにすべきだ。そうじゃなきゃ、おかしい。だれでも、自分がどういう人間かってことを表現できる服を着ていいはずなのだ。

もちろん、そもそも制服を着なきゃいけないっていう事実も無視できない。でも、現時点でいちばん大切なのは、どうやらこっちが勝ったらしいってこと。より大きな闘《たたか》いのための小さな一歩にすぎないかもしれないけど、少なくとも前進したことはたしかだ。小さな一歩がつながって、いつの間にか長い距離《きょり》になるんだから。

家に帰って着替《きが》えてこいって言われるかもしれないと思ったけど、先生たちはみんな、なにも言わなかった。ジェイコブとマリオンといっしょに教室に入っていくと、もう全員そろっていたけど、マクリーディ先生は遅刻《ちこく》のことはなにも言わなかった。それどころか、先生の机の前を通ったとき、ウィンクしてくれた。

ジェイコブはおおげさにスカートのしわをのばしてから、席についた。「なんやかんやいって、こいつに慣れるかも。スカートってさ、なんか……風通しがいいよな」そう言って、にんまりと笑った。

「リンチ校長のところへいって、女子だけじゃなくて男子の服装規定も見直すように言ってくれば？」

「そうだなあ、まあ、その闘《たたか》いは来年まで取っとくよ。まずは一歩ずつだ」ジェイコブって、こっちの考えてることがわかるみたい！

教室を出るとき、ジェイドがスコットランドのキルトを着た男性ってかっこいいって言ってるのが聞こえた。チェルシアも、うんうんってものすごい勢いでうなずいてる。メイジーは席にすわったまま、本を読んでいた。さっき校庭でスローガンを連呼したから、ジェイドに見捨てられたとか？　だとしたら自分がどう思うかは、わからなかった。

昼休みは、六人そろってカフェテリアに入っていった。その前の休み時間もずっといっしょにいた。数は力なりってやつだ。そのころには、男子たちもほかの男子にスカートをめくられて笑われるのに、うんざりしてた。

だけど、まさかカフェテリアでこんなことになるなんて、だれも予想してなかった。

カフェテリアに入って、ドアが閉まったとたん、カフェテリアが不気味に静まり返った。みんなが、そう、言葉どおりカフェテリアじゅうの人が、こっちを見てる。さっきまでは見られても気にならなかったのに、いてもたってもいられない気持ちに襲《おそ》われた。

窓際《まどぎわ》にすわってる中三の集団が最初だった。拍手《はくしゅ》しはじめたのだ。そしたら、あっという間に拍手《はくしゅ》は広がった。朝のスローガンみたいに。カフェテリアじゅうの人たちが拍手《はくしゅ》してる。料理を出してくれるおばさんたちも。

どうしたらいいのかわからなくて、六人とも立ちつくした。マリオンはケチャップみたいに赤くなってるし、サヴはばつが悪そうに足で床《ゆか》をこすってる。

そしたら、ジェイコブにそっと背中を押《お》された。みんなの前に立つと、うしろからジェイコブがささやいた。「これはリヴへの拍手《はくしゅ》だよ。たっぷり楽しめ」

そしたら、世にもふしぎなことが起こった。前へ出たとたん、拍手《はくしゅ》がいっそう大きくなったのだ。みんな、このリヴ・スパークに拍手《はくしゅ》してくれてるんだ！

ジェイコブに腕《うで》をつかまれ、高くかかげられた。まるでボクシングの試合に勝った人みたいに。

「やだよ！」身をよじって、逃《のが》れようとした。

「いいんだって！」ジェイコブはにっこり笑った。「リヴの努力の結果なんだから」

首を横にふった。「みんなでやったんだよ。ここにいる全員で」

「まあ、そうかもしれないけど、中心になってやる人間が必要だったんだ。おれは、リヴの足となって働いただけってことさ」そう言って、ジェイコブはくるりと回って、ちょっとごつごつした自分の膝《ひざ》を指さしてみせた。

改めてジェイコブを見た。くしゃくしゃの髪《かみ》、興奮で輝《かがや》いているあざやかなブルーの目。その瞬間《しゅんかん》、信じられないようなことに気づいた。少なくとも自分にとっては、信じられないようなこと。パンツ・プロジェクトはものすごく大切なことで、もしかしたら本当にうまくいくかもしれないって思うと、ぞくぞくするくらいうれしい。スカートをはくのもあと数日かもしれないなんて夢みたいだ。それに、みんなが急にリヴ・スパークをヒーローみたいに扱《あつか》うようになったのも、(変な感じだけど) 悪くはない。けど、今回のことでなによりも大きな意味を持っているのは、ジェイコブ・アーバックルが味方になってくれたってことだ。ジェイコブはどんなときもずっとそばにいてくれた。まだ知り合ってから数ヶ月しか経《た》ってないのに、あの秘密を打ち明けたときですら、落ち着いて耳を傾《かたむ》けてくれた。

いつの間にか、新しい親友ができていたのだ。特に努力したわけでもないのに。バンクリッジのみんなが拍手《はくしゅ》しつづけるなか、笑顔《えがお》がはちきれたのは、それがわかったからだった。

32

校門の外に母さんの車が止まっているのを見た時点で、なにかおかしいって気づくべきだった。ちょうどジェイコブと〈モンティーズ〉に寄って、マンマたちに今日の抗議《こうぎ》行動の話をしようと相談していたときだった。

「母さん！　わざわざ迎《むか》えにきてくれなくてよかったのに！　歩いていけるんだから。きっと信じられないと思うよ、今日ね……母さん？　どうしたの？」

母さんは車の窓から乗り出すと、ジェイコブに今日はそのまま帰ってくれる？　と言った。口を挟《はさ》もうとしたけど、ジェイコブはなんてことないって感じで、「わかりました、じゃあ、明日な、リヴ」と言って、「連絡《れんらく》して」って口だけ動かして付け加えると、帰っていった。

車に乗りこむと、ちょっと強すぎる力でドアを閉めた。「今のはジェイコブに悪いよ。それに、今日のこともきかないしさ」そう言って、胸の前で腕《うで》を組んだ。

母さんはラジオのスイッチを切ると、こっちを向いた。「リヴ、あなたのおじいさんが亡《な》くなったの。残念よ」

すごくへんな感じだった。ほんの一秒にも満たないあいだ、母さんが言ってるのが、母さん側のおじいちゃんのことだと思ってしまって、胸を貫《つらぬ》かれるような悲しみを感じた。頭がごちゃごちゃになる。だって、そっちのおじいちゃんはもう何年も前に亡《な》くなってるのに。それから母さんが、マンマはもう飛行機に乗ったと言ったので、ようやく理解した。

「マンマはどんなようすだった？」

母さんは答えずに、首をふった。

それから、車を走らせて街の反対側までいって、エンツォをカラテ道場に迎《むか》えにいった。エンツォはすぐに話を理解して、同じようにマンマのようすをたずねた。

今回は、母さんも答えた。「悲しんでる。マンマが自分で思ってたよりも、悲しかったみたい」

母さんは、家に着くまで抗議《こうぎ》行動のことはきかなかったけど、それは理解できた。家に入ると、紅茶とクッキーを用意してキッチンのテーブルにつき、今日のことを手短かに説明した。母さんはにっこり笑って、そのときのリンチ校長の顔を見たかったと言った。

「じゃあ、明日はズボンをはいていけるの？」

「ううん。無理だと思う。だけど、保護者会のあとから、はけるようになるかもしれない」

「リヴはそれで大丈夫《だいじょうぶ》？」

「ここまで待ったからね。あと一、二週間くらい平気」

母さんはいすに寄りかかった。「保護者会が延期になったのは、残念よね」もう少しでクッキーがのどに詰《つ》まりそうになった。「母さんたちからリンチ校長に話すこともできたけど、早めにことを進められたかはわからないしね。これで良かったのかも。マンマも保護者会には出たいだろうし」

「いつごろ帰ってくるかな？」できるだけ保護者会の話題から離《はな》れたい。

「どうかな。お葬式《そうしき》は明日なの。それが終わったら、そんなに長く向こうにはいないと思うな。家族との関係次第《しだい》だと思う」

お葬式《そうしき》がそんなにすぐだと聞いて、ショックを受けた。でも、母さんは、イタリアではそういうものだと説明してくれた。

エンツォが母さんの夕食の支度《したく》を手伝ってるあいだに、二階へいって、ジェイコブにメッセージを送った。すぐに返事がきた。〈そうか。死ぬってマジできついな〉それを見て、クスッと笑った。それから何回かメッセージのやりとりをして、マンマのお父さんには会ったことがないことや、それでも、悲しいと感じるのがふしぎな気がすることなどを、書いて送った。

静かな夕べだった。テレビの前で夕食を食べ、それから映画を観《み》た。おしゃべりする気にはならなかったから。


次の朝、かなり早い時間にマンマが電話をかけてきた。これからお葬式《そうしき》だそうだ。エンツォと二人で、少しずつしゃべった。エンツォがイタリアのサッカーチームのジャージをおみやげにほしいと言い出したので、それ以上無神経なことを言う前に、電話を奪《うば》い取った。マンマは家族のことや今の気持ちについては、話したくないみたいだった。昨日の抗議《こうぎ》行動のことが知りたいわ、ってマンマは言った。地球を半周したところにいて、つらいときだっていうのに、それでも子どものことをいちばんに思ってくれる。エンツォのジャージは空港に売ってたら買ってくるわね、と言って、リヴもほしい？　ときかれた。もちろん、いらないって答えた。本当はほしかったけど。マンマはなるべく早く帰ると言って、「早くリヴをハグしたいわ」って言ってくれた。

母さんには、今晩はジェイコブの家でごはんを食べると言った。ただでさえうしろめたかったのに、母さんが迎《むか》えにきてくれるって言うから、ますますうしろめたくなった。ジェイコブのパパかママが九時までに送ってくれるから大丈夫《だいじょうぶ》、って言いながら、母さんと目が合わせられなかった。実際は、保護者会のあと、歩いて帰ることになる。帰りのことはぜんぜん考えていなかったことに気づいた。母さんがふと窓の外に目をやって、歩いて帰ってくるところを見られたら？　そしたら、通りに入ったところで降ろしてもらったって言えば、たぶん大丈夫《だいじょうぶ》だろう。

どうしてうそをつくのってこんなに難しいんだろう？　うそはひとつじゃすまない。一度うそをつくと、それが発覚しないように、次々《つぎつぎ》うそを重ねることになるから。

昨日の今日でまた学校へいくのは、なんだかおかしな気持ちだった。なにも変わってないような気がする。昨日のことは夢だったんじゃないかって。ひとつにはスカートをはいてるせいもあるし、もう歩いていても、拍手《はくしゅ》も歓声《かんせい》も起きない。昨日の熱狂《ねっきょう》は完全に終わってしまったのだ。

でも、教室に入っていくと、少しだけ違《ちが》いがあった。マリオンが机にすわって、トッド・ステーブリーとケシャ・ライアンズとしゃべっていた。マリオンはこっちに手をふると、またトッドたちとしゃべりはじめた。

ジェイドは机の横を通っていったときも、なにも言わなかった。目は合った。ジェイドは、軽くカンベンって感じの表情を作ってみせたけど、偶然《ぐうぜん》をよそおっていすにぶつかってきたりしなかった。ここ何週間も、一日も欠かさずやってたのに。

ジェイコブはベルが鳴っても、姿を見せなかった。マクリーディ先生がジェイコブのことをきいてきたので、そのあと、先生が見ていないすきにスマホを出して、メッセージを送ってみた。マクリーディ先生は、代数がわからない生徒かスマホかどっちかっていうくらい、スマホを嫌《きら》ってる。一時間目と二時間目のあいだ、ずっとスマホをチェックしてたけど、返事はこなかった。独《ひと》りで保護者会の手伝いをすることになったら、どうしよう。マクリーディ先生に取りいる必要がなくなったからって、今さら手伝いを辞退するのはさすがに無理だろうし。

ジェイコブがこないまま昼休みになり、マリオンや男子たちとふたたび昨日の勝利のことで盛りあがった。

ジェイコブがカフェテリアに入ってきたのは、みんなでリンチ校長のまねをして、大笑いしてるときだった。「入ってきた」って言ったけど、いつもみたいにダッシュしてくるんじゃなくて、足を引きずっていた。でも、こっちを見て、見られてるのに気づくと、ぱっと姿勢を変え、背中をピンと伸《の》ばしてふつうに歩こうとした。そして、みんながすわってるテーブルまできたけど、顔は真っ青で、おでこは汗《あせ》で光っていた。

「よう」そう言って、ジェイコブはサヴの後頭部を軽くはたくと、ドサッとすわった。ジェイコブの顔にほっとした表情が浮《う》かんだことに、だれも気づいてないんだろうか？

「どこにいってたの？」本当は「いったいどうしちゃったわけ？」ってききたかったけど。

でも、ジェイコブは質問を無視して、カバンの中を引っかき回すと、新聞を取り出した。

「たった今、新聞の売店に配られたやつだよ！」

そうだ、すっかり忘れてた！　ジェイコブはみんなの前に新聞を広げた。みんな、ひと言もしゃべらずに記事を読んだ。

見出しはものすごく大きな字で印刷されていた。〈リンチ校長、制服問題でゼッコ、、、ウチョ、、、ウ、、、?!?〉

写真は、リンチ校長が満面に笑《え》みをたたえているものだった。みんなで、アレックスが目をつぶって写ってしまっているのをからかった。

めずらしく自分の写真も気に入った。やっぱりズボンなのがいい。

記事は、リンチ校長をちょっと誉《ほ》めすぎているところをのぞけば、すごく良かった。昼休み終《しゅう》了《りょう》のベルが鳴ると、ジェイコブは新聞をたたんで、差し出した。「ほら、リヴにやるよ」

「ありがとう」お礼を言ってから、きいた。「大丈夫《だいじょうぶ》？」

「大丈夫《だいじょうぶ》だよ。あたりまえだろ？」でも、明るく元気すぎる声だった。青白い顔と合ってない。ものすごく疲《つか》れた顔をしてる。

「今朝は、どこにいってたの？」教室にもどりながら、きいてみた。わざとできるだけゆっくりと歩く。

「ちょっと……遅刻《ちこく》しただけ」

「なにそれ、遅刻《ちこく》したことはわかってるって」笑って、ジェイコブを肘《ひじ》で突《つ》つく。「理由をきいてんの」

「おれ……その……」ジェイコブは廊下《ろうか》の真ん中で立ち止まった。両脇《りょうわき》から、ほかの子たちがどんどん追い越《こ》していく。「遅刻《ちこく》しただけだって。もうきたんだから、この話はやめようよ」怒《おこ》ってる感じじゃなかった。疲《つか》れてるだけ。それに、どこかようすがへんだった。

「わかった」そう答えて、別の話を始めたけど、歩いているあいだじゅう、頭の中をいろんな思いが駆《か》け巡《めぐ》った。

なにかがおかしいことはまちがいない。だけど、なにが？　それに、どうして話そうとしないんだろう？　そっちのほうが問題だった。

33

保護者会まで、学校から交差点をふたつ越《こ》えたところにあるアイスクリームの店でジェイコブと時間をつぶすことにしていた。だけど、ジェイコブはちょっと用事ができたと言って、マクリーディ先生が言っていた集合時間の一五分前に待ち合わせようと言ってきた。

だから、独《ひと》りで店にいって、バニラを2スクープとピスタチオを1スクープ注文した。カップの中で二色が混じり合うようすが好きなんだ。

アイスクリームを食べても、お腹《なか》のしめつけられるような感じは治らなかった。お腹《なか》の中で、ヘビが〈ツイスター・ゲーム〉をしてるみたい。イタリアにはいったことがないし、マンマのパパには会ったこともないのに、葬式《そうしき》に出ているマンマのことがどうしても頭に浮《う》かんでくる。スマホを出して、メッセージを送った。〈元気出してね〉そしてうしろにキスマークの×印をふたつつけておいた。

それから、一瞬《いっしゅん》、しまったと思った。マンマはいつもスマホをマナーモードにするのを忘れてしまう。葬式《そうしき》の真っ最中にバカみたいな小鳥のさえずりの着信音が鳴ったら、かなり気まずい。それから、イタリアは今、夜中だってことを思い出して、ほっとした。ほっとできたのは、その点だけだけど。

数分後にマンマから返信がきた。〈ありがとう、トポリーノ。うちに帰って、家族《ファミグリア》と会えたら、すぐに元気になれるわ×××〉

胃のねじれるような感じがますます強くなる。こっちがせっせとだましてるってときに、どうしてうちの家族ってこんなにやさしいんだろう。

このうその動機はいい動機なんだからって、自分に言い聞かせようとする。マンマたちのためを思ってやってるんだって。ふだんはたいていいなんだって自分を納得《なっとく》させられるのに、お店にすわって、アイスクリームが溶《と》けて薄緑色《うすみどりいろ》になっていくのをながめながら、はっきりと悟《さと》った。今回のことはまちがってるって。でも、くよくよ考えてもしょうがない。マンマはイタリアにいるし、母さんはエンツォと家にいる。今さらどうしようもなかった。

先生たちはうろうろして、教室に保護者を迎《むか》える準備をしていたけど、校舎のほかの場所はがらんとしていた。バンクリッジがいつもこうなら楽なのに。学校ぜんぶを独り占《ひとじ》めできたらどんなにいいだろう。それなら、どの更衣室《こういしつ》を使ったってなんの問題もない。

だれもいない理科実験室で、うしろのいつものスツールにすわってジェイコブを待った。ジェイコブはまた遅《おく》れていた。

ようやくジェイコブが入ってきたとき、ひと目でさっきよりも楽に歩けるようになってるのがわかった。顔もいつものとおりにもどってる。顔色もいいし、やつれた感じもない。

「なにそのかっこう?」

「誉《ほ》めてくれてありがとう」ジェイコブはいやみたっぷりに言った。

「その髪《かみ》、どうしたの?」

「気に入った?」ジェイコブは、これ以上なでつけようのない髪《かみ》をなでつけた。「アホ」って言葉を辞書で引いたら、保護者会の日のジェイコブの髪型《かみがた》の写真がのってると思う。

「ぜんぜん」

ジェイコブがにやっとした。「おれもぜんぜんだよ。だけど、ちゃんとして見えるようにしようと思ってさ。母さんもそれがいいだろうって。ほら、昨日のあとだからね。おれが超《ちょう》優等生ふうにしてれば、先生たちも許してくれるってみたいに」

「ほとんどの先生が味方だと思うよ。油断できないのは、たった一人、リンチ校長だけ」

「そのたった一人が、学校でいちばん力を持ってるやつってことか」

「おまけに、髪《かみ》をとかしたくらいでだまされて、またお気に入りにしてくれるほどバカじゃない。そもそも今夜、校長はくるのかな？」

「さあね。今ごろ、町じゅう車で走り回って、ガゼット新聞を買い占《し》めてるかもよ」

「部屋の壁紙《かべがみ》にするかも」

ジェイコブは笑った。「おれたちに感謝すべきだよな。おれたちのおかげで、有名になったんだから」

「今度会ったら、そう言いなよ」

もちろん、ジェイコブも同じことを言い、こっちもまた言い返して、さんざん言い合ったあげく、サヴに言わせようってことになった。サヴは今まで、なにか挑戦《ちょうせん》されて受けなかったことがない。

ジェイコブが時計を見た。「リヴのお母さんはいつくるの？　うちの親にリヴのお母さんにあいさつできるようにちょっと早めにきてってたのんでおいたんだけど」

「どうしてわざわざ？」

「え、だって、母さんが会いたいって言うからさ。なにか問題あった？」

目を閉じて、必死で考えた。ジェイコブに話すしかない。

「リヴ？」ジェイコブは、なにかあるって気づいたらしい。ジェイコブの目を見れば、わかる。

だから、くずれるようにスツールにすわると、言った。「母さんはこないんだ」

「こないってどういうこと？　あ、まさか、お母さんもお葬式《そうしき》でイタリアにいったの？」

そのとき、うそをつくこともできた。ジェイコブが完璧《かんぺき》なタイミングで完璧《かんぺき》なうそを用意してくれたから。でも、そんなことできなかった。ジェイコブにはうそなんてつけない。だから、深く息を吸いこんで、本当のことを言った。ふしぎだった。自分が男だって告白するときよりも、言いづらかったから。

しばらくジェイコブはなにも言わなかった。もしかしたら、さすがだって誉《ほ》めてくれるか、少なくともうそをついた理由はわかるって言ってくれるんじゃないかって、一瞬《いっしゅん》期待した。でも、ジェイコブが顔をあげたのを見て、そのどっちでもないことがすぐにわかった。

「そんなうそついたなんて、信じられないよ」ジェイコブは、なんの感情もこもらない声できっぱりと言った。

「じゃあ、ジェイコブは自分の親がジェイド・エヴァンスに笑われても、ぜんぜんかまわないわけ？」胃がかあっと熱くなった。怒《いか》りで。火がついたみたいに。気をつけないと、あっという間に手がつけられなくなる。

「ああ、かまわないさ！ それに、うちの親だって気にしない。ジェイド・エヴァンスがどう考えてるかを、気にするアホなんているかよ！」

歯をぐっと食いしばり、両手を握《にぎ》りしめた。「そうやってどなるわけ!?」

「どなってない。ただでかい声でしゃべってるだけだ！ それに、話題をずらすな。ほんとは自分でもバカだったたって気づいてるんだろ？」

その瞬間《しゅんかん》、ジェイコブを痛めつけてやりたいと思った。バカって言われるのは、大嫌《だいきら》いだ。なんて言われてもいいけど、バカって言われるのだけは、ぜったいに嫌《いや》だ。「うるさい！ ジェイコブには関係ない！ とやかく言われる筋合いはない！」

「どういう意味だよ？　おれたち、友だちだろ？」

「友だちなら、今夜、母さんにきてほしくないっていう気持ちがどうしてわかんないわけ？」

「それはわかってるよ、リヴ」

炎《ほのお》が燃えあがった。「わかってないよ！　ジェイコブにはわからない！　だれも、ジェイコブのお父さんとお母さんのことを笑ったり、じろじろ見たり、指さしたりしないんだから！　ジェイコブの親はふつうだからね！」

34

その言葉は、理科実験室の壁《かべ》に跳《は》ね返って、顔を直撃《ちょくげき》した。

自分がそんなことを言ったなんて、信じられなかった。

本気じゃない。本気で言ったんじゃない。

「今のは……」それ以上言えなかった。言葉が出てこない。

ジェイコブも同じくらいショックを受けた顔をしてた。「リヴのお母さんとマンマは最高にすてきだよ」ジェイコブは静かに言った。

「わかってる」ささやくような声で言った。

「今までおれが会った中で、たぶん、いちばんふつうだよ。もちろん、いい意味だよ。退屈《たいくつ》だとかそういう意味じゃなくて」

みじめだった。今言ったことを母さんとマンマが知ってしまうことはないだろうけど、そんなの関係ない。自分が知ってるから。言葉はもう、口から出てしまった。取り消すことはできない。言わなかったことにはできないのだ。なんとか涙《なみだ》をこらえようとしたけど、失敗した。

ジェイコブの手がそっと肩《かた》に置かれた。「おれにはわかってる。少しはね。少なくとも、わかってると思ってる。だけど、友だちっていうのは、お互《たが》いに本当のことを言うものだろ」

チャンスだ。自分から話をそらすための。「へえ、そう？」

「もちろんだよ」ジェイコブはとまどったように言った。

「なら、どうして今朝、遅《おく》れた理由を話さないわけ？ それに、今日の午後、アイスクリーム屋にいく約束を破った理由は？ それって、友だちがすることじゃないんじゃないの？」

数秒のあいだに、ジェイコブの顔にさまざまな感情がよぎった。最初はショック、それから怒《いか》り、そして悲しみ、それから疲《つか》れ。

ジェイコブは肩《かた》を落として、ため息をついた。「リヴの言うとおりだ。ごめん」

それで、ふいに怒《いか》りが消え去った。「なにがあったの？ 二人しかいないから、話せるよね？」

ジェイコブは深く息を吸いこんだ。「おれ……病気なんだ」少しでも話しやすくなればと思ってうなずきながら、黙《だま》って続きを待った。「過剰《かじょう》運動症候群《しょうこうぐん》って言うんだ」ジェイコブは言った。

「過剰《かじょう》運動って、なんかスーパーマンぽいけど」雰囲気《ふんいき》を軽くしようと思って、言ってみる。

「だといいんだけどな。関節が曲がりやすいってことなんだ。異常に曲がりやすいんだよ。年に何度か、肩《かた》を脱臼《だっきゅう》するし。週に一度は、股関節《こかんせつ》が外れる。足首もすぐやられるし、手首もだ。要は全身に問題があるんだよ、かなり」

「じゃあ、今朝も……？」

「転んだんだ。学校にくる途中《とちゅう》で。足首ががくってなっちゃったんだよ」ジェイコブは肩《かた》をすくめた。「よくあるんだ」

「大変だね」

「ズボンに穴が空いちゃったから、一度家に帰って着替《きが》えなきゃならなかった。そしたら、もちろん母さんは大騒《おおさわ》ぎして、だから杖《つえ》を使えって言ってるでしょって、何度も何度も言ってさ」

「杖《つえ》を使ってんの？」ショックを受けたのを声に出すつもりはなかったのに、自分と同じくらいの年齢《ねんれい》の子が杖《つえ》を使ってるなんて、やっぱりショックだった。「あ、じゃあ、もしかして〈モンティーズ〉にきたとき……あの杖《つえ》って、ジェイコブの？」

ジェイコブはうなずいて、カバンの中に手を入れると、杖《つえ》を出した。「ほとんど使ってないいんだ。痛みがひどいときに、よろめいたりしないために使ってるだけ」

「今日の朝も使ってなかったんだ？　転んだとき」

ジェイコブはうなずいた。「学校の連中がどんなだかは知ってるだろ。どんなこと、言ってくるかさ」

これまでの細々《こまごま》したことの意味がわかってきた。ようやく点と点がつながったのだ。「じゃあ、手首にサポーターつけてたときも？　あれも、その過剰《かじょう》運動症候群《しょうこうぐん》のせい？　スケボーでけがしたんじゃなかったんだね」

「うそついて、ごめん」

「ほんとにスケボーはしてんの？」

「もちろんしてるよ！」ジェイコブはふんがいして言った。「母さんは嫌《いや》がってるけど、それでもやらせてくれる。おれがふつうに生活したいって思ってるのを、わかってくれてるんだ。それに、実際たいしたことはないんだ。いっしょに付き合ってかなきゃいけないものって感じ。でも、他の人には関係ないことだから」

「だから、みんなに隠《かく》してたわけ？」それから、はっとして、静かに言った。「母さんとマンマのことを隠《かく》そうとしてたのと、同じだね」

ジェイコブはうなずいて、小さく笑った。「ああ、かもね」

ふいにすべてがはっきりした。すっくと立ちあがる。「だけど、両方とも、恥《は》じるようなことじゃないよね。本当の自分を隠《かく》す必要なんてないんだから。二人ともめちゃめちゃ最高なんだから！」

「リヴはいいさ。おれは、転ばずに道を歩くことさえできないんだぞ」

「だから？　ジェイコブはめちゃめちゃ絵がうまいじゃん。それにマンガだって、このリヴ・スパークに負けないくらいくわしいし。骨を折る可能性大だっていうのに、スケボーするくらい勇気があるし。ま、そのくらいバカって言い方もあるけど。それに……それに、みんなに好かれてる！」

ジェイコブは赤くなった。

「最高にいい友だちだし」小声で付け加えた。

「リヴもだよ」

「ありがとう」たぶん自分も赤くなってる。誉《ほ》めるほうが、誉《ほ》められるよりずっと簡単だ。

それから時計を見た。「よし、あまり時間はないからね」

「なんの？」

ジェイコブに杖《つえ》を返して、カバンからスマホを取り出した。

「恥《は》ずかしがってなんかいないってことを、見せるんだよ」

「だれに？」

「みんなに」

ジェイコブはどういうことだかわからないって顔をしている。

「ほら。やれるよ。やらなきゃ」本当は自分も緊張《きんちょう》でどうかなりそうだった。

ジェイコブは折りたたまれた杖《つえ》をじっと見てから、ゆっくりと伸《の》ばした。

それを見ながら、汗《あせ》ばむ手で家に電話をかけた。


とてもじゃないけど、楽しい電話だったとは言えない。母さんが出るなり、なにか言われる前にこっちから話しはじめた。保護者会のことでうそをついていたことも、出席したいなら、あと二〇分で学校にこなきゃならないことも。

「どういうことなの、リヴ？」

だから、もう一度始めから話して、何度も「ごめんなさい」って言った。相手がマンマだったら、もっとずっと大変だったと思う。

母さんのついたため息は、耳の中で轟音《ごうおん》みたいに鳴りひびいた。「もうパジャマなんだけど。わかってる？　パジャマでこいってわけ？」

なにも言えなかった。

またため息。「わかった、いくわよ。その前に、エンツォをおばあちゃんのところへあずけにいかなきゃ。だけど、時間ぎりぎりには着けると思う。で、リヴ？」

「なに？」

「あとでちゃんと説明してもらうわよ」

返事をする間もなく、母さんは電話を切った。

マクリーディ先生の指定した集合時間に遅刻《ちこく》してしまった。ジェイコブは杖《つえ》を使って、正面玄《げん》関《かん》のドアを押《お》し開けた。ジェイドとチェルシアはもうきていて、口の中でモッツァレラチーズが固まってしまったような顔をした。同時にメイジーもきたけど、地球のどこか別の場所にいるみたいなようすをしてた。

マクリーディ先生はジェイコブの杖《つえ》を見たけどなにも言わなかった。でも、ジェイドたちは、マクリーディ先生が最後にもう一度、今夜の予定を確認《かくにん》しているあいだ、じろじろ杖《つえ》を見ていた。

説明が終わると、マクリーディ先生はメイジーとチェルシアに、カフェテリアからコーヒーと紅茶を取ってくるようにたのんだ。

それから、校内の地図の山を差し出した。「ジェイドとリヴは、正面玄関《げんかん》を入ったすぐのところに立ってくれる？　じゃ、これでいいわね。わからないことはない？　三人とも自分の役目はわかってるわね？」

「はい、先生」ジェイドは、歯が浮《う》くような甘《あま》ったるい声で言った。

黙《だま》ってうなずく。

「なら、いいわ。じゃあ、仕事に取りかかって」マクリーディ先生は足早に教室へ向かい、ジェイドとジェイコブと残された。ジェイコブがいてよかった。

「その杖《つえ》、どうしたの？　ファッション哲学《てつがく》かなにか？」ジェイドはきいたけど、別に意地悪な口調ではなかった。友だちをからかうような感じで言っただけだ。ジェイドは、リヴ・スパークのことは嫌《きら》ってるかもしれないけど、ジェイコブのことは好きだから。

ジェイコブは自信たっぷりにほほえんだ。「ちがうよ。実はおれ、過剰《かじょう》運動症候群《しょうこうぐん》なんだよ」それから、ぱっとこっちを向いて言った。「リヴ、外で待ってなよ。おれがここに残るからさ、早くくる人がいたときのために」

ジェイドはまだ、ジェイコブが言ったことの意味を理解しようとしているところだった。そうとう時間がかかりそう。だから、ジェイコブに口だけ動かして（ありがとう）と言うと、ドアのほうへ向かった。ジェイコブは、あまりにも簡単に病気のことを言えたことに自分でもあっけに取られてるみたいだった。

母さんが校舎に入る前に、どういうことか説明したほうがいいだろう。ところが、外に出ようとすると、ジェイドが立ちふさがった。「どうしてあんただけ出ていって、わたしたちにぜんぶやらせるわけ？」ジェイドは腕《うで》を組んだ。そうしたほうが、相手がビビると思ってるらしい。

「じゃまだよ」

「なら、どかしてみれば」ジェイドはずるそうに目を光らせた。

「どけって言ってるんだけど」

「どかなかったらどうする？　わたしを殴《なぐ》るとか？」ジェイドは勝ち誇《ほこ》った笑《え》みを浮《う》かべた。

「メイジーに聞いたのよ。前の学校でなにがあったか。ふつうじゃないわよね。殴《なぐ》るなんて。ま、あんたみたいなやつがふつうなわけ、ないけど」ミュートボタンを押《お》して、しゃべってる顔だけ見てたら、ジェイドがこんなひどいことを言ってることはわかんないと思う。

ジェイコブが急いでやってきて、ぴったり横に立ってくれた。「少し黙《だま》ってろよ、ジェイド」

ジェイコブにお願いしたら、杖《つえ》でジェイドのことを思いきりたたいてくれるかもって、一瞬《いっしゅん》思った。鼻から深く息を吸いこむ。「いいんだよ、ジェイコブ。ジェイコブは手を出さないで」

「そうよ、ジェイコブ。ヘンタイの友だちに自分で決着つけさせればいいのよ」

「ジェイドの言うとおりだよ」そう言ったときの、ジェイドとジェイコブの顔は大金を積んでも見る価値があったと思う。「こっちで決着つけるから」

ジェイドは返す言葉が見つからなかったのか、たぶん生まれて初めて、口を閉じた。なかなか賢明《けんめい》かも。

ジェイコブは一歩うしろに下がった。そっちもなかなか賢明《けんめい》。

ジェイドに向き直って、黙《だま》ってじっと見つめた。目をそらさずに見つめる。最初、ジェイドは挑発的《ちょうはつてき》な目で見返していたが、そのうち目をそらした。そのとき、自分が勝ったのがわかった。

「今から、ちょっと外にいってくる。お母さんが待ってるから。少ししたら、お母さんが入ってくると思うけど、そのとき失礼な態度を取ったりしたら、後悔《こうかい》することになるから。別に、あんたのことを殴《なぐ》るわけじゃない。あんたがなにを言おうと、なにをしようと、殴《なぐ》りはしない。本当は、あんたなんか殴《なぐ》られるべきだけどね」ジェイドがなにか言うのを待ったけど、なにも言う気配はない。「マクリーディ先生にぜんぶ話す。これまであんたが言ったこととやったこともぜんぶ。告げ口したって言われるかもしれないけど、教えてあげようか。人にどう思われようと、気にしてないから。ぜんぜん気にしたことないから」

ジェイドの口が開いて、また閉じた。金魚みたい。

ジェイコブが、バスケの試合のときみたいにイエーイって叫《さけ》んだ。「完全勝利ってやつだ！」そして、手をあげ、ハイタッチをしてきた。

人生最高の胸のすくようなハイタッチだった。

35

ジェイコブに、にっと笑顔《えがお》を見せると、ジェイドの横をさっと通り抜《ぬ》けて、外へ出た。

事情がわからずむっとしてる母さんに説明するという、恐《おそ》ろしい仕事が待ち受けていなかったら、小躍《こおど》りしながら正面の階段を降りたかもしれない。

外に出たのと同時に、ちょうど車が駐車場《ちゅうしゃじょう》に入ってきた。母さんは、あざやかなグリーンのものすごく古い車を運転してる。たぶん、想像するかぎり、いちばんダサい車だと思う。でも、この車のことが大好きだった。自分でもよくわからないけど。どことなく親しげな感じがするのがいいのかも。

ちなみに、母さんには親しげな感じは一ミリもなかった。少なくとも、パジャマではなかったけど。

「どういうことか、ぜんぶ話してもらいましょうか？」母さんは車のドアを閉めもしないうちちから、言った。

それから、こっちの表情に気づいた。次の瞬間《しゅんかん》、いきなり引きよせられて、ハグされた。それで、堰《せき》が切れてしまった。もし母さんがこんなふうにやさしくしなかったら、こっちだって泣いたりしなかった。同情してもらえるなんて思ってなかった。たぶん、なによりも母さんの顔を見て、ほっとしたんだと思う。なぜなら、その瞬間《しゅんかん》、自分は母さんたちにきてほしかったんだって、わかったから。マンマがこられないのが、とても悲しかったから。二人とも、ほかの親たちと同じようにここにくる権利がある。それに、先生の一人や二人くらいは、リヴはよくやってるって誉《ほ》めてくれる可能性だって、ないわけじゃないんだから。

しばらく抱《だ》きしめてくれたあと、母さんは体を起こして言った。「さあ、もう涙《なみだ》の出番は終わり。で、いったいどういうことなの？」

「ごめんなさい。本当にごめんなさい。うそつくつもりはなかったんだ。だけど、ほかにどうしたらいいか、わからなかった。まちがってるってわかってたけど、でも、すごく嫌《いや》な女子がいて、ほんとうにつらくって、もっと早く母さんたちに言うべきだったのはわかってるし、それに……それに……」

だいたいわかるよね？　だから、あとはなんて言ったか、ここで細かく説明する必要はないと思う。母さんにひとつ残らず話した。ジェイドが直接、間接的に言ったこと、机のいたずら書きや、廊下《ろうか》や更衣室《こういしつ》で言われた言葉。いじめがひどいってことを、母さんとマンマには黙《だま》っていたこと。

話が終わるころには、母さんは腹の底から怒《いか》りくるってた。「その子ってだれなの？　そのジェイドって子よ。だいたいどうしてそんな深刻だってことを、言わなかったのよ？　先生だっていいわよ！　どうして先生に言わなかったわけ？」

返事の代わりに肩《かた》をすくめると、母さんは深く息を吸いこんだ。「ごめんなさい、リヴ。リヴをこんな目にあわせて。もっと早く気づいてあげられなくて、ごめん」

母さんにジェイドについて話して、今、実は中にいるって言った。母さんの目がキラリと光った。「あら、おもしろくなりそうね」

母さんの「おもしろい」の定義には、ぜんぜん賛同できない。と、思ってたけど、おかしいのは、今回だけは母さんの定義のほうが合ってたってこと。あのとき、ジェイドの顔に浮《う》かんだ表情は一生忘れられない。母さんはまっすぐ歩いていって、地図の山から一枚取ると、こう言ったのだ。「あら、ジェイド！　会えてうれしいわ！　リヴからあなたの話はぜーんぶ聞いてるのよ」

ジェイドがその場から消えたいと思ってるのは、明らかだった。ジェイドは心底怯《おび》えていた。なぜなら、どういう展開を思い描《えが》いていたのにしろ、これは予想外だったから。母さんはすっとジェイドのほうへ近づいていって、がっしと腕《うで》を組むと、言った。「ちょっとあっちでお話しできる？　なにしろ、会うのを死・ぬ・ほ・ど楽しみにしていたのよ！」

ジェイドはもちろん嫌《いや》とは言えなかっただろうし、どちらにしろ、母さんは嫌《いや》なんて言わせるつもりはなかった。母さんがジェイドをすみに引っぱっていったので、ジェイコブのところに走っていくと、ジェイコブは眉《まゆ》をくいっとあげた。（大丈夫《だいじょうぶ》？）だから、こっちも眉《まゆ》を上下させて肩《かた》をすくめた。（さあね）

ジェイコブが玄関《げんかん》のほうをちらりと見た。「うちの親がきた」

抗議《こうぎ》行動のときは、ジェイコブのお父さんが大きいことに気づいていなかった。ジェイコブのお父さんは、めちゃくちゃ背が高かった。ジェイコブのお母さんの横にいると、一段と高く見える。お母さんのほうは、ものすごく背が低かった。二人いっしょにいると、笑っちゃうくらいちぐはぐな感じだった。

ジェイコブのお母さんは、杖《つえ》を見て目を見開いた。口を開けてなにか言おうとしたけど、お父さんがそっと腕《うで》を突《つ》いた。お母さんは口を閉じて、ジェイコブの腕《うで》をつかみ、一瞬《いっしゅん》、ぎゅっと力を入れた。それから四人でパンツ・プロジェクトの話をして、お父さんに、あの朝きてもらったお礼を言った。本当なら昨日、言わなきゃいけなかったのに。でも、お父さんは気にしてないみたいだった。

そのあいだもずっと、母さんとジェイドのほうをちらちら見ていたけど、母さんはこっちに背中を向けていたので、どういうことになってるか、さっぱりわからなかった。

数分後、ジェイドが正面玄関《げんかん》の横にもどってきた。母さんは満面に笑《え》みをたたえて、こっちへやってきた。

「ジェイドになんて言ったんですか？」ジェイコブがきいた。

母さんは笑《え》みを浮《う》かべたまま、答えた。「それは、極秘事項《ごくひじこう》よ！」

結局、あの夜、母さんがジェイドになんて言ったかは、わからずじまいだった。最初は、わからないせいで頭がおかしくなりそうだったけど、そのうち、母さんはなにがあってもぜったいに言う気はないのがわかって、気にするのをやめた。マンマには話したに決まってるけど、マンマもぜったいに教えてはくれないだろう。母さんとマンマには、たまにかなりイライラさせられる。もちろん、いい意味でなんだけど。

ジェイコブは母さんを両親に紹介《しょうかい》した。そうしたら、共通の知り合いがいることがわかった。本当はその場にいて、親たちの話を聞いていたかったけど、ちらりと横を見ると、マクリーディ先生が廊下《ろうか》の向こうからこっちをにらみつけているのが見えた。

あわててジェイドの横にもどると、ジェイドはこれまで言ったどの悪口よりも衝撃的《しょうげきてき》なことを口にした。

「ごめん」

「なにが？」

ジェイドは自分の足元を見て、それからまたこっちを見た。「ぜんぶ」

返事をしようと思ったとき、ドアが開いて、親たちがぞろぞろと入ってきた。なんて言えばいいかわからなかったから、ちょうど良かったかもしれない。もっといい子だったら、「いいよ」とか「許してあげる」とかそんなことを言ったのかもしれないけど、ぜんぜん良くないし、許す気もない。ジェイドのせいで最低の学校生活だったし、これ以上考えられないくらいひどいことを、これ以上考えられないくらい何度もやられたのだ。ごめんって言ったからって、それがぜんぶ魔《ま》法《ほう》みたいに消えるわけじゃない。魔《ま》法《ほう》みたいに傷ついた心をいやしてくれるわけじゃないのだ。だけど、出発点にはなるだろう。

保護者会はうまく進んだ。ジェイドとはもう、ひと言も交《か》わさなかった。母さんは、メイジーがコーヒーを注ぎにきたときもなんとかそれなりの態度を取った。何週間も会ってないのも、ちっともおかしいことじゃないっていうみたいに。前は、メイジーはうちに住んでるって言ってもいいくらいだったのに。でも、メイジーが気まずいと思ってるのはわかった。カップをわたすとき、手が震《ふる》えていたから。コーヒーが床《ゆか》にこぼれて、先生がチェルシアに拭《ふ》かせた。チェルシアは、ものすごい目でメイジーをにらんでいた。

マクリーディ先生は、リヴはよくやっていると言ってくれた。「リヴを教えられて、本当にうれしく思っています」だって。かなり意外だった。マクリーディ先生はひそかにパンツ・プロジェクトに感心してるんだと思う、と母さんは言った。

エクルズ先生は、お気に入りの生徒だと言ってくれた。本当はお気に入りなんて作ってはいけないんですけどね、と先生は言った。学期の始めの事件については、「一人か二人、お母さんのことで、その、つまりご家庭のことでリヴをいじめた生徒がいたんですがね」でも、そのあとはうまくいっていると思います、とエクルズ先生は続けた。母さんは、本当にうまくいってるかどうか、先生が確認《かくにん》しなかったことにかなり腹を立てていたけど、先生には言わなかった。先生たちにはなにも言わないでって、頼《たの》んでおいたから。もうそんな必要はない。きっと。

36

自動ドアが開いて、最初に出てきたのは、青いスーツを着て書類カバンを持った男の人だった。男の人は、待っている人たちにさっと目を走らせて、やっぱりスーツを着て、「ミスター・ナカムラ」と書いてある紙をかかげている男の人を見つけた。次に出てきたのは、お母さんとお父さんと赤ちゃんの家族だった。赤ちゃんが落としたおしゃぶりが転がってきたので、拾って、お父さんにわたしてあげた。

そんなこんなで三番目に出てきたのが、マンマだった。マンマは目の前の床《ゆか》ばかり見ていて、顔もあげなかった。ピューッと口笛を吹《ふ》くと（口笛はかなり得意）、さっと顔をあげて、まっすぐこっちを見た。そして、駆《か》け寄ってきた。

マンマと母さんとエンツォと四人でしっかりと抱《だ》き合った。

「どうしてここに？」マンマは涙《なみだ》を浮《う》かべながらきいた。

「空港からタクシーで帰らせるわけないでしょ」母さんがあきれたように言う。

「だけど、時間が遅《おそ》いから迎《むか》えにくるのは無理って言ってたじゃない！」

「ぼくのアイデアだよ」エンツォが自慢《じまん》ではち切れそうになって言う。「びっくりさせるほうがかっこいいよって」

マンマは時計を見た。「それはもちろん、三時間もベッドに入る時間を延ばせるってこととは、関係ないんでしょうね？」

「エンツォ、バレたし！」笑ってしまう。

「うちに着いたら、まっすぐベッドよ。いいわね？」マンマは言ってから、エンツォのふくれっ面《つら》を見て、付け加えた。「ホットチョコレートを一杯《いっぱい》飲んでから、ね。わたしがいないあいだ、なにかあった？」

「特にないよ」そう言ったけど、平静な顔は二・五秒しか保てなかった。

「リヴから知らせがあるよ」母さんが言った。「だけど、うちに帰るまでは、おあずけ」

「その知らせにはホットチョコレートが必要ってことね。じゃあ、さっさと帰りましょ！」

マンマたちのあとについて、出口へ向かう。またお腹《なか》がヒクヒク引きつるような気持ちがしたけど、前のとはちがう。緊張《きんちょう》してるのは同じだけど、わくわくしてもいた。

とうとうそのときがきたんだ。本当のことを言うときが。母さんとマンマを信じるんだ。


決めたのは、その日の午後だった。決めたとたん、ふっと気が楽になった。ジェイコブがサヴとミゲルに過剰《かじょう》運動症候群《しょうこうぐん》のことを話しているときに、だんだんと決意が固まってきた。そのときはもう、ジェイコブは杖《つえ》を使ってなかったから、別に話さなきゃいけない状況《じょうきょう》だったわけじゃない。昼休みのあと、ミゲルが放課後にバスケットボールをしないかってジェイコブを誘《さそ》った。そしたら、ジェイコブは、やりたいけど今日は痛みがひどくて無理だって言った。ミゲルたちが理由をきくと、ジェイコブははっきりと説明した。「——で、関節に症状《しょうじょう》が出るんだ、今日は、手首の痛みがかなりひどいんだよ」

それで終わりだった。ミゲルたちは、そのままそれを受け入れた。ミゲルは「大変じゃん」と言い、サヴはジョークを言った。意味はわからなかったけど。ジェイコブはなんでもないふうをよそおっていたけど、ほっとしたのはひと目でわかった。

教室にもどるとき、その話をした。「そんなにひどくなかったじゃん。ね？」

ジェイコブは考えこんだように言った。「ああ、たしかに。むしろ……いい気分なんだ。ストレスを感じはじめてたんだ。わかるだろ、しょっちゅう言い訳を考えて、だれにどんなうそをついたか覚えてなきゃならないし」

「今日はそんなにひどいんだ？　痛みのことだよ」

ジェイコブは肩《かた》をすくめた。「足首は昨日よりずっといい。痛いのが一箇所《かしょ》だけになると、かなり楽になるんだ」

「どんな感じか、想像できない」

「想像できなくて良かったよ。でも、まじめな話、隠《かく》さなくてすむようになって、かなり気持ちが楽になった」

ジェイコブが言ったことについて考えていると、ジェイコブは静かな声で付け加えた。「昨日の夜、リヴが言ったことはそのとおりだった。恥《は》じることじゃないって。本当の自分を隠《かく》す必要なんてないって」

そう言われて、またさらに考えた。そのあと、作文の時間も、スペイン語の時間も、数学の時間も、考えつづけた。それから、決意した。ジェイコブに話すと、本当にそれでいいのかってきかれた。

「これ以上ないってくらい、これでいいって確信できてるよ」

真夜中になる直前、空港からうちに帰ってきたとき、昼間の本当にこれでいいっていう気持ちを思い出そうとしていた。エンツォは車の中で寝《ね》てしまったので、母さんがベッドまで運んでいった。母さんとマンマと三人になって、ホットチョコレートの大きなマグカップを片手にキッチンのテーブルにすわった。

マンマに、ずっと会ってなかった家族に会うってどういう気持ちだったかたずねた。

「嫌《いや》な思いをすることになると思ってたの。むかし……本当に傷つくことを言われたから。どうしても許せないようなことを」

「例えば？」単に知りたくなって、たずねた。

「そのことはもういいの」マンマは言った。「だいじなのは、お葬式《そうしき》のあと、わたしのマンマと話せたってこと。本当はすぐに帰るつもりだったんだけど、飛行機がなくて。でも、『禍《わざわい》を転じて福となす』だったのよ」マンマは震《ふる》えるように息を吸って、母さんにほほえみかけた。母さんはマンマの手を取った。「わたしのマンマは、リヴたちに本当に会いたがってた。リヴとエンツォと母さんに」

マンマのうちではいつもお父さんがすべてを決めていた、とマンマは言った。みんな、お父さんに従わなきゃならなかったって。「わたしのマンマにとって、どんなにつらいことだったか、わたし、これまでぜんぜん気づいてなかった。もちろん、パパが亡《な》くなって喜んでるとか、そんなんじゃないのよ。マンマはパパを心から愛してた。だけど、これで事情が変わったの。マンマは、来年の夏、わたしたちに会いにきたいって。わたしたちがいいなら」

「やった！」思わず叫《さけ》んだ。マンマが本当にうれしそうだったから。それに、本当に心から良かったって思ったから（会ったことのないおっかないイタリア人のおばあちゃんに会うのは、ほんのちょっと恐《おそ》ろしかったけど）。

「わたしのことはもういいわ。大ニュースっていうのを、聞かせてちょうだい」マンマがきいた。

とうとうだ！　思いきって話すしかない。

ニュースっていうのとはちがうんだ、と答えたとき、声が震《ふる》えた。母さんとマンマに知っていてほしいことなんだ。自分のこと。とても大切なこと。

母さんとマンマは視線を交《か》わした。母さんは言った。「いいのよ、リヴ。あたしたちはもう――」

「いいから、リヴに最後まで話してもらいましょ」マンマは言って、二人の手を握《にぎ》った。

そうやって三人で手をつなぎ合ったたまま、本当のことを話した。

マンマはわっと泣きだした。体が凍《こお》りついた。こうなるんじゃないかって、ずっと恐《おそ》れてた。やっぱり、こんなこと話しちゃいけなかったんだ。

ところが、マンマはこっちを見たとたん、笑いだした。「ちがうわよ、トポリーノ！　泣いてるのは、うれしいからよ！」

「うれしい？　どうして？」

マンマの手にぎゅっと力が入った。「うれしいに決まってるでしょ？　わたしたちが望んでいるのは、あなたが幸せになることだけなんだから。そして、幸せになるのにいちばん大切なのは、自分のあるがままの姿を受け入れることなのよ」

「じゃあ、わかってたってこと？」前に二人が話しているのを立ち聞きしてしまったことは、言わなかった。言ったところで、しょうがないから。

母さんとマンマはまた視線を交《か》わした。それを見て、確信した。

「わかってたなら、言ってくれればよかったのに」

母さんが肩《かた》に手を置いた。「わかってはいなかったわよ。そうかもしれないと思ってただけ。だけど、まずリヴの口から聞く必要があった。それはわかるでしょ？」

ふいにぞわっとした。「おばあちゃんは？　まさかエンツォは？　知ってんの？」

「知らないわよ。でも、リヴがそうしてほしいなら、あたしたちから話してもいいわよ。それは、リヴが決めなさい」

「どうすればいいか、わかんないよ……これからどうすればいいか、わからない」

マンマが頭のうしろをやさしくなでてくれた。「リヴはなにもしなくていいのよ。リヴの心の準備ができたら、話し合いましょう。別に急ぐ必要はないから」

それからさらに三人で話した。これでいいんだって気がしてすごく楽だったし、どうしてもっと早く言わなかったんだろうって、自分に腹が立った。母さんとマンマならわかってくれるって、わかってなきゃいけなかったのに。

マンマは、ボランティアで手伝ってるＬＧＢＴセンターのユースグループのことを話してくれた（ＬＧＢＴは性的少数者を限定的に指す言葉。レズビアン、ゲイ、バイセクシュアル、トランスジェンダーの頭文字《かしらもじ》）。同じような悩《なや》みを持つティーンエイジャーが集まって、語り合う場らしい。そのうちマンマが連れていってくれるって。「別にぜったいいってわけじゃないのよ」とマンマは言った。だから、考えてみるって答えた。

しばらくして、母さんが言った。「今、どういう気分？」

「うーんと……いい気分」

それを聞いて、母さんとマンマはほほえんだ。でも、マンマはまだちょっと心配そうだった。

「なにか心配なこととか、不安なことはない？」

「ないよ」にっこりほほえむ。「今の自分が本当の自分だって思えるから」

37

三ヶ月後。

誕生日だ！　午前五時四七分。これで一三歳《さい》！

朝食に、ダンテの作ったレッド・ベルベット・ケーキを食べた。ダンテ自慢《じまん》の赤いスポンジのチョコレートケーキだ。

昨日の夜はおばあちゃんがきて、誕生日イブのディナーを食べた。お祝いっていうのは、祝う期間が長ければ長いほどいいに決まってる。

それに、おばあちゃんからのプレゼントはさっさと開けてしまったほうがいい。そうすれば、誕生日当日にがっかりしなくてすむから。

みんなでキッチンのテーブルを囲むと、おばあちゃんが大きな箱を置いた。これでもかっていうピンクのラッピングペーパーに、白いサテンのリボンがかかってて、危険なにおいをぷんぷん発散させてる。小さいころ、おばあちゃんがくれた、ぞっとするような人形とかがいかにも出てきそう。

「ほら！　開けてごらん！」おばあちゃんの目がキラキラ輝《かがや》いてる。

深呼吸して、なにが出てこようと、にっこり笑う準備をする。

ラッピングペーパーの端《はじ》っこをちょっと破ったけど、それ以上、開く気が起きない。そしたら、エンツォが「ほら、早く！」って叫《さけ》んで、ガリもそうだそうだというようにワンワン吠《ほ》えた。

だから、ラッピングペーパーを剝《は》がした。

そして、にっこりほほえんだ。ただし、ほほえみは本物。これ以上ないってくらい、本当の笑顔《えがお》。

中身は人形じゃなかった。ピンクのドレスでもなかった。ピンクのドレスを着ている人形でもなかった。

スケートボードだった。めちゃくちゃカッコいいスケートボード。赤と黒の地に、シルバーの稲妻《いなずま》模様。

「気に入った？」おばあちゃんがきいた。なんだか照れてるみたいだ。「いいもんだって、言われたから。でも、気に入らなければ、お店にいって、取り替《か》えてもらえるよ」

「うん、いまいちかなあ」

おばあちゃんはがっかりした顔をして、肩《かた》を落とした。母さんとマンマが、絞《し》め殺すわよというような顔でこっちを見る。

「なーんて、うそだよ、めちゃめちゃ気に入ったよ！　本当にありがとう！」おばあちゃんに飛びついて、思いきりハグした。「これまでで最高の誕生日だよ！」

「まだ誕生日になってないじゃないか」おばあちゃんが笑う。

「関係ないよ！　これ以上の誕生日なんて、あるわけないから！」

ジェイコブがスケートボードの専門家に連絡《れんらく》してくれたんだって、あとで知った。だから、妙《みょう》に誕生日のことでそわそわしてたんだ。夕食のあと、ジェイコブにメッセージを送ると、週末にうちにきて、基礎《きそ》から教えてくれることになった。

母さんとマンマは、前もって本当にいいのか何度も確かめたあと、おばあちゃんにトランスジェンダーの話をした。おばあちゃんはすぐにはその事実にそう簡単に慣れるというわけにはいかなかったけど、せいいっぱい理解しようとしてくれた。母さんたちはエンツォにも話した。案《あん》の定《じょう》、エンツォは肩《かた》をすくめて「わかった」って言っただけで、またレゴのお城を作りはじめた。どっちにしろ、むかしから兄と弟みたいに接していたから、エンツォにとってはなにも変わらなかった。
来週、マンマがＬＧＢＴのティーンエイジャーの会に連れていってくれることになっている。何人かの子どもたちが輪になってすわって自分の気持ちとかを話すようなやつを想像してたけど、映画を観《み》るらしい。それなら、うまくやれる。それに、その子たちのことを知るようになったら、いずれ自分の気持ちを話すのも悪くないかもしれない。だって、ジェイコブのときはうまくいったんだから。

名前を変えたいってずっと考えてた。リヴはオリヴィアよりはマシだけど、でもまだしっくりこない。エンツォはトニーにしてって言ってる。今、ハマってるスーパーヒーローのアイアンマンの本名がトニーだからに決まってる。もちろん、トニーにするつもりなんてない。別に急ぐ必要はない。改名なんて、しょっちゅうするようなもんじゃないんだから、ちゃんとぴったりくるものにしなきゃいけない。足にぴたっとくるコンバースのスニーカーみたいに。

数ヶ月前だったら、誕生日に学校へいくのがいやでたまらなかったと思う。でも今はちがう。ズボンをはけるようになってから二ヶ月経《た》った今でも、制服を着るたびに、幸せを感じる。今では、少なくとも半数の女子がズボンをはいてる。そう、ジェイド・エヴァンスも。

ＰＴＡの投票はぎりぎりなんかじゃなかった。服装規定の変更《へんこう》反対は、二票だけ。リンチ校長は、それを朝礼で発表したとき、まるで自分のアイデアみたいな言い方をしてたけど、気にはならなかった。本当のことは知ってるし、それだけでじゅうぶんだから。あの日以来、リンチ校長はひと言も話しかけてこない。もしかしたら校長室に呼び出されて、どなりつけられるかもしれないって思ってたけど、そんなことはなかった。理由はよくわからない。

すべてがうまくいってるふりをするつもりはない。「それからあと、みんなはいつまでも幸せに暮らしました」ってふうにはいかない。

だけど、これならいいかも？　「それからあと、みんなはいつまでもほぼ幸せに暮らしました……たまにどこかのマヌケがバカなことを言ってもなんとか無視しました」

それで、じゅうぶん。

メイジーがジェイドとチェルシアに仲間外れにされたんじゃないかっていうのは、当たっていた。メイジーが独《ひと》りでうろうろしているのを見て、ちょっとかわいそうになったけど、こっちだって同じ目にあわされたのだ。それでも、メイジーがヴァネッサ・ダーデンと仲良くしはじめたのを見て、ほっとした。ヴァネッサはいい感じの子に見える。メイジーだって、本当はいい子なのだ。少しのあいだ、本人がそれを忘れていただけかもしれない。

ジェイドとチェルシアは完全無視を決めこんでたけど、別にかまわない。それに、ちょっとだけ進歩もあった。パンツ・プロジェクト以来、二人はマリオンにちょっかいを出さなくなった。あれから一度も意地悪はしていない。

さらに先週、バスケの授業でキャプテンになったジェイドは、いちばん先にリヴ・スパークをチームのメンバーに選んだ。狙《ねら》いは当たり。一九点のうち一四点を入れたんだから。もちろんうちのチームが勝った。

ジェイドは勝つのが好きだ。二人にも共通点があったってわけ。

学校に着いたのはまだ早い時間だったけど、どうやらいちばんじゃなかったらしい。教室にはだれもいなかったけど、席にシルバーの風船が結びつけてあって、机の上に封筒《ふうとう》が置いてあったから。

封筒《ふうとう》を開くと、カードが入っていた。

カードの表には、びっくりするくらいかっこいい絵が描《か》いてあった。プロが描《か》いたみたい――コミック雑誌にのってるようなやつ。

スーパーヒーローが二人、描《えが》かれている。

一人はリヴ・スパークに似ていて、もう一人はジェイコブ・アーバックルに似ていた。リヴのほうは黒と赤のコスチュームで、同じ色のスケートボードにのってる。ジェイコブのほうも同じ色のコスチュームだったけど、下はスカートだった。杖《つえ》も持ってるけど、ターボつきのハイテク杖《つえ》で、先っぽから炎《ほのお》が噴《ふ》きだしてる。

絵の下に、こう書いてあった。

スーパーリヴ&ベンディボーイ!

カードを開いた。

スーパーリヴ、誕生日おめでとう!
自由自在にからだが曲《ベンディ》がる、親友であり仲間のジェイコブ・アーバックルよりカードを閉じると、表の絵を見つめた。これまでもらった中で、最高の誕生日カードだった。「スーパー」がついてると、リヴっていう名前も悪くない気がしてくる。

「で、次の冒険《ぼうけん》の準備はできてる?」いつの間にか入ってきたジェイコブが言った。音もなく現われる、スーパーリヴの最高の相棒ってわけ。「次のミッションは?」ジェイコブは期待に満ちた顔で眉《まゆ》をあげた。

にやっと笑って、せいいっぱいスーパーヒーローにふさわしいミステリアスな雰囲気《ふんいき》で答える。

「それはまだ秘密」

訳者あとがき

中学一年生になったリヴは、ゆううつな気持ちで始業式の朝を迎《むか》えた。理由は、制服のスカート。リヴはどうしてもスカートをはきたくない。なぜなら、外見は女の子でも、自分は男の子だと思っているからだ。

自分の抱《かか》えた違和感《いわかん》を探《さぐ》っていくうちに、リヴは「トランスジェンダー」という言葉に行き当たる。トランスジェンダーというのは、一般的《いっぱんてき》に、「割り当てられた性」（身体的特徴《とくちょう》により男性か女性か決められること）が、実際の自分には当てはまらないと感じる「性同一障害」を抱《かか》えている人たちのことをいう。身体的には女の子で、まわりにも「女の子」として見られているけれど、本当は男の子だと思っているリヴは、そういった気持ちを持っている人は自分だけではないことを知る。

でも、それがわかったからといって、周囲の人たちに打ち明けるのは簡単ではない。いろいろな思いを抱《かか》えながらも、リヴはまず「女子はスカートをはかなければいけない」という校則と闘《たたか》うことから始めようと決める。名付けて〈パンツ・プロジェクト〉。さまざまな計画を考え、実行していくリヴのバイタリティが魅力《みりょく》だ。そして、最後にリヴがくり出した奇策《きさく》とは……!?

意地悪な女子や、無理解な校長、親友の裏切りなど、リヴはさまざまな障害にぶつかるけれど、一方で、自分の気持ちをわかってくれる友だちにも出会う。その過程で、リヴ自身も考えを深めていく。最初は、男子はズボンをはけるなんてずるい！　という思いから始まったけれど、そのうちに、男子だって好きなもの（例《たと》えばスカート）を着たいかもしれない、ということに気づき、女の子が毎日さらされている視線について考え、意地悪な同級生のジェイドがなぜ意地悪なのかということにも思いを巡《めぐ》らせるようになる。

「そういうたぐいの人についてはパパに聞いた」とジェイドが言う一方で、リヴの親友になるジェイコブのお母さんは、大学ではフェミニズムを教えている。こうした設定は、周囲の環境《かんきょう》や大人の役割についても考えさせる。

　リヴみたいに本当の自分を曲げずにがんばったり、ジェイコブみたいに思ったことをきちんと口にするのは、難しいときもあるかもしれない。でも、この本を読んだ人が、リヴやジェイコブのほうが魅力的《みりょくてき》だと、二人のようになりたいと、そう思ってくれるだけでもうれしい。

二〇一七年九月

三辺律子

パンツ・プロジェクト

2017年10月30日　初版発行
2021年12月20日　4刷発行

著者　キャット・クラーク
訳者　三辺律子
発行者　山浦真一
発行所　あすなろ書房
〒162-0041 東京都新宿区早稲田鶴巻町551-4
電話 03-3203-3350（代表）
印刷所　佐久印刷所
製本所　ナショナル製本

ISBN978-4-7515-2872-3 NDC933 Printed in Japan